A Primeira Tempestade

A trajetória de Rafael em meio à sociedade líquida

Escrito por Guilherme Cordeiro Santos
Em parceria com Felipe Cerqueira Carvalho

Prefácio: o universo é indiferente aos seus problemas

Este livro que está em suas mãos retrata brevemente a história de Rafael, e toda sua trajetória para encontrar seu Nirvana.

De fato, ao analisarmos o complexo em que estamos inseridos, é possível entender por que estamos ficando cada vez mais exaustos e frágeis. Entenda, assim como Rafael, a maior parte de nós não está preparada para lidar com o mecanismo que rege as partículas, o princípio da incerteza e da imprevisibilidade. Queremos ter tudo sob nosso controle e acreditamos que a nossa vontade é aquela que prevalecerá, visto que, na nossa mente, é a peça que sempre vai fazer sentido e se encaixar no quebra-cabeças. Utopia.

Com uma sociedade cada vez mais efêmera e modernizada, ao basearmos nossa existência em fatores externos, como pessoas que amamos, trabalhos e atividades que sentimos prazer, nos tornamos reféns do acaso, pois o universo (principalmente as pessoas) é indiferente para nossos quereres pessoais, e, ao perdemos o controle de nossas raízes, toda a árvore em que vivemos sucumbe. Você cria cicatrizes ao longo de sua vida que, com o certo gatilho, são capazes de tornar sua existência cada vez mais mórbida e cansativa, tudo que você precisa é um descanso dela, uma viagem recreativa para um monte calmo e sensitivo, fechar os olhos e gritar o mais alto que conseguir.

As pessoas te cansam? Tem dias que não consegue mais ouvir uma voz sem pensar no porquê de todos a sua volta parecerem tão plásticos e sem graça? Talvez, assim como Rafael, você tenha caído na primeira tempestade, e precise achar uma forma de, enfim, se reinventar.

> "Somos parasitas no corpo celeste. A cura ou a peste, no fim somos cobaias de teste"
>
> Eloy Polêmico

Capítulo I: A esperança criptografada em subconsciente

(2013)

3 de Fevereiro de 2013, 06:30AM

Rafael aparentava ser muito inseguro quieto perto de quem não tinha intimidade, mas demonstrava ser completamente debochado e ousado de uma forma cômica com aqueles que tivessem o prazer de conquistá-lo. Se assustava com o barulho dos raios desde que assistira um filme de desastres naturais na televisão, aquele dia uma tempestade torrencial caia dos céus e o garotinho não queria sair de casa naquela manhã. Por mais que dissesse aos pais que não se importava, era evidente que ele relutava para não precisar ir para a escola nova.

—Rafael... — gritou sua mãe. — Adianta! Vai tá tudo engarrafado hoje, você pode se atrasar.

—Mãe, tá tendo uma tempestade lá fora, vai cair um raio no carro e a gente vai morrer!

Paula ri.

—Rafael, se alguma coisa cair nesse carro nós somos muito azarados mesmo, essa cidade é cheia de prédios altos, eles atraem os raios. Só vamos ouvir o barulho dos trovões, mas isso já ouvimos daqui.

Ao falar isso, Paula percebe que não são apenas os raios que o inquietavam.

—Tá com medo da escola nova né, amor? Vai dar tudo certo, meu anjo, tenho certeza que você vai voltar todo feliz falando de seus amigos novos!

—To com medo não — disse Rafael com a cara emburrada.

Ele entrou no carro e fechou a porta com força, de que outra forma uma criança busca seus direitos? Mostrar que está irritada é a maneira mais simples, problema é que não costuma funcionar.

—Papai não vem? — perguntou enquanto se esticava para colocar o cinto.

—Seu pai chegou tarde em casa ontem, bebeu muito... Rafael, quando você crescer nunca vai fazer isso com sua mulher, vai ser diferente dele. Você é meu projetinho, o único motivo de eu ainda estar com... — Paula percebeu no rosto de seu filho que estava indo longe demais na conversa.

Paula costumava desabafar com Rafael todos os problemas que passava com seu cônjuge. Médica com doutorado em células totipotentes e sua aplicação na medicina legal, porém tinha seu diploma inutilizado pelo desemprego, era difícil achar uma aplicação em Salvador. Se punha a mercê das grosserias e extravagâncias do beberrão Túlio, não por prazer, mas por receio. Receio de todo o desgaste que um processo de divórcio traz, receio por seu filho Rafael. Não que ele ligasse muito para as reclamações da mãe, entrava por um ouvido e saia pelo outro.

Apesar das cicatrizes que deixava em Paula, Túlio ainda era um bom pai, e toda criança gosta daquele que cuida dela. Rafael nunca havia visto sua mãe sofrer em todos os seus 12 anos de existência, ou ao menos não soubera reconhecer.

Rafael chegou no colégio do Farol de Santa Cruz e teve sua saída do carro outorgada pela mãe. Foi abordado por um menino tão playboy quanto uma criança de 12 anos pode ser, na frente da cantina enquanto explorava o espaço novo.

—Oi, qual seu nome?

Rafael tonteou, mas sorriu e disse forçando uma confiança:

—Rafael, e o seu?

—Eu sou o Pedro, e você é o aluno novo e precisa de amigos né? Senta perto de mim hoje e eu te apresento os meus. — Pedro sorriu e Rafael sorriu de volta para ele, dessa vez menos inseguro e mais sincero.

E assim ele fez, mesmo pensando que iria se arrepender, passar vergonha e chorar em casa. Não que isso tenha acontecido. Na verdade, se arrependeu sim, a princípio, quando foi atacado por Julia fazendo cócegas em suas costelas.

—Ai!! Para!! Eu não gosto disso! — implorou enquanto ria por instinto.

A menina riu e soltou ele.

—Bom dia, Rafafá! O Peter me falou pra te dar atenção, disse que você era esquizofrênico ou sei lá.

—Isso não é verdade! Que bonachão! — Rafael já achava que havia sido traído pela primeira pessoa que conheceu, preparou-se para intimar Pedro quando o visse, mas não precisou fazer isso.

—É brincadeira, cara, relaxa... senta aqui na minha frente que já já o resto da crew chega.

—Que diabos é krill? Isso não era aquele camarão que a baleia come?

—Crew, com "c" e "ew", é uma palavra em inglês que significa "tripulação", é como chamamos nosso grupejo. Ahoy, marujo!

Julia ficou mexendo no cabelo do novo amigo e conversando sobre seu colégio antigo, com o tempo, chegaram as outras duas crianças e Rafael foi as conhecendo.

Tiago era um menino bolsista do colégio que nunca perdia a oportunidade de fazer uma piada, as vezes chegava até a irritar o resto do grupo com seus trocadilhos sem fundamento (em especial Rafael, que tendo como sobrenome "Bittencourt", sua pronúncia inoportuna e sua dicotomia com o inglês foi frequentemente aproveitada pelo colega).

Leia, a quarta integrante do grupo, tinha pais evidentemente fãs de Star Wars, apesar de não gostar muito, por ser um filme velho e com efeitos especiais duvidosos. Os pais de Leia também eram crentes fervorosos, o que fez a menina batizar-se aos 10 anos na igreja evangélica.

Diferentemente de Leia, Julia gostava muito de filmes antigos, música indie e jogos de arcade, um projeto de hipster que se intensificaria com o passar da sua vida. Seus cabelos castanhos lembravam Rafael do mar, como uma sereia ou uma surfista que via nos programas da Disney, o que instigava sentimentos estranhos de Ágapi e Eros no garoto (não que ele soubesse ainda o que seriam essas coisas).

Já Pedro era o membro mais rico da Crew, seus pais eram donos da LCFT, a maior empresa de manipulação e pesquisa em células-tronco do país, mas ultimamente não tinham muito tempo para passar com o filho, sendo então sustentado a maior parte do dia pela sua babá, Rosângela. Pedro, carismático e altruísta, devido a ausência dos pais fazia de tudo para chamar a atenção das pessoas a sua volta, assim ajudando vários alunos e funcionários do colégio e sendo o queridinho de todos de lá. Não havia uma pessoa do Farol de Santa Cruz que não o conhecesse.

Essas eram as pessoas que tornariam a transição de Rafael muito menos pesada, fazendo ele se apegar muito à sua tripulação, bem como ela se apegou a ele, visto que ele era divertido e espontâneo, como uma bomba relógio. Logo no primeiro dia, ao se apresentar para a professora Carla, tentou começar uma batalha de rap com a linguista.

—Rafael, por favor se levante e se apresente aos novos colegas — disse ela.

Rafael sussurrou para Tiago:

—Faz o beat vai! Puts cats puts cats

Tiago continua a batida com a boca se segurando para não dar risada e Rafael se levanta da cadeira:

—Professora Carla vou te mandar a real, meu nome é Rafael e te chamo para o pau, aqui na batalha ninguém nunca me vence, nem toda sua sabedoria de professora supera a minha levada então nem tente! Vai Carla! Sua vez!

—Rafa... — Carla ri sem entender nada. — Eu sou velha para isso, apenas se apresente e diga por que veio para cá.

—Sou o Rafael Jacques Bittencourt e...

—Ialá, o cara morde cu! — gritou Tiago.

—Tenha modos Tiago! Deixe seu colega! Vai agora no banheiro limpar essa boca porca! – disse Carla furiosa.

Tiago foi cabisbaixo para a porta, rindo de canto de boca.

—Bem, eu vim pra cá mais porque meus pais quiseram mesmo, a gente se mudou e o colégio antigo ficava mó longe ai eles disseram "Rafael hurr durr, você vai pro Farol de Santa Cruz" e eu só aceitei.

Julia ri, ao perceber isso, Rafael sorri e se senta na cadeira.

O dia correu normal depois disso, e ao sair do colégio para voltar para casa, Rafael convida a Crew para conhecer sua mãe. Os cinco então começam a procurar pelo celta preto de placa GUI-2003, como foi informado pelo novo membro, mas não conseguem localizar. Tiago, Leia e Julia foram embora, pois os pais dos três haviam chegado, assim sobrando apenas Rafael e Pedro, até que...

—Surpresa Pepeu!!!

Eram os pais de Pedro, ele nem acreditava. Pulou e deu um abraço em ambos. Eles disseram que não poderiam perder o primeiro dia de aula do filho, perguntaram de Rafael.

—E você menino? Qual o seu nome? —perguntou Margareth com um ar afável e carinhoso.

—Oi tia, sou o Rafael, aluno novo, to esperando minha mãe. — Esticou o pescoço para tentar avistá-la.

—Não vamos te deixar aqui sozinho, esperamos juntos então — sugeriu Leonardo.

—Ninguém vai precisar esperar nada, já estou aqui!

Paula parecia desolada, seus olhos estavam inchados e levemente rubicundos. Rafael a abraça forte por saber que deu tudo certo e ela sorri.

—Oi gente, eu sou a mãe de Rafael, Paula.

Leonardo, Margareth e o pequeno Pedro se apresentam e Margareth pergunta se está tudo bem.

—Na verdade, tive um problema com meu ex-marido. —Nesse momento, Rafael chama Pedro para conversar

separado dali, pensando que o papo poderia demorar
muito.- Ele levou o carro, vim aqui de Uber, mas to sem
dinheiro, vocês podem dar uma carona pra gente? Eu
moro a 5 quarteirões, mas tá fazendo muito sol...

—Claro. Entrem no carro — disse Leo com aprovação
de sua esposa.

O casal foi na frente do carro. Com cadeiras na mala,
os meninos preferiram ir por lá, porque acharam que
seria mais divertido. Paula foi no nas cadeiras do fundo depois de colocar o endereço no Google Maps. Estava em choque ainda e, percebendo isso, Margareth
tenta descobrir mais coisas e distrai-la.

—Então, Paula, com o que você trabalha? — perguntou olhando para trás.

—Eu estou desempregada, por ironia do destino, passei anos da minha vida me especializando em células
totipotentes, apenas para ser despejada do hospital
onde trabalhava devido a... falta de verba. Não é uma
área muito requisitada hoje em dia, só nessas grandes
empresas.

—Conte-me mais sobre essa sua especialização,
querida. -disse Leo, interessado no papo.

—Tenho doutorado em células tronco totipotentes,
minha tese se aplica na manipulação delas no tratamento de deficiências neuro-motoras como em pessoas
tetraplégicas. A teoria estava perfeita, consegui fazer
mutações em células da gástrula em neurônios matu-
rados em GO, o problema é que esse processo todo é

meio caro e nenhum hospital quis bancar algo menos lucrativo que todos os tratamentos fisioterapêuticos de pessoas com paralisias.

Todos ficaram em silêncio por alguns segundos, até que o carro para na frente da casa de Rafael e Paula. Uma janela estava quebrada, Rafinha vê e se preocupa, chama por sua mãe para perguntar o que houve, mas é interrompido por Margareth.

—Sabe, Paula, eu e meu marido temos uma empresa aqui em Salvador, LCFT, conhece?

—Claro que sim! caralh... — sussurra. — Peguei muito material para minhas especializações nos arquivos do site de vocês, tenho até uma conta lá. É um prazer conhecê-los!

Ambos se olham e sorriem, Leo balança a cabeça como quem diz para um plano ser executado, então Margareth sugere:

—O prazer é todo nosso, companheira. Aqui pegue nosso cartão. — Estende a mão, vorazmente interceptada por Paula, "obrigada", ela disse. — O seu talento nos parece ser maravilhoso para assim ser desperdiçado por capitalistas inexperientes que não sabem fazer um bom investimento. Nos ligue de tarde para marcar uma reunião amanhã, nós dois achamos que tem um lugar muito especial para você na empresa, como o pequeno Rafael terá em nossa casa visto que ele e o Pedrinho ficaram tão amigos.

Após agradecer mais uma vez e se despedir, Paula entra na casa com seu filho, senta no sofá e começa a chorar, mas não um choro triste e doloso como o que teve de manhã, mas sim, um choro de esperança de que, depois de tanto tempo, sua vida entraria no eixo que sempre sonhou.

Se livrara de Túlio, seu filho estava feliz (apesar de ter chorado muito após saber que seu pai não voltaria mais) e ela conseguira o melhor emprego que poderia, na maior empresa de seu ramo. Agora, apenas precisava consertar a maldita janela que a lembrava de tempos que, com fé, não voltariam. Foi para sua cama, ligou para a LCFT e, após marcar a reunião, despencou em sono até o dia seguinte, afogada em êxtase do dia mais intenso de sua vida.

Capítulo II: Rafael e Julia contra o universo plástico (2018)

02 de Fevereiro de 2018, 20:43 PM

Não havia mais solução! O detetive Theodore tinha explorado cada centímetro daquele caso infernal na cidade de Saint Menour e, sem mais alternativas, ele volta para a cena do crime. Um grande descampado. Assassinato? Sem nenhuma arma, resquício biológico ou pegada? Apenas um corpo no meio do nada com uma bala enfiada no queixo e uma carta amarrada a ele dizendo "detetive Theo, esse vai ser o caso mais difícil de sua vida".

Theodore nunca havia lidado com a derrota, sua família havia o mimado bastante para que não precisasse, porém, estava sentindo esse sentimento pela primeira vez. Angústia. Decepção. Amargura. Ele estava tão cansado, que decidiu voltar para casa. Entretanto, no caminho para seu carro, Theodore ouve um estrondo de de vidro quebrando. Um caco escapou e entrou em seu olho direito, outro rasgou sua perna, mas Theodore não estava ligando para nada disso.

Com o olho que havia lhe sobrado, ele viu uma Magnum calibre 51 no chão do seu carro, após quebrar o vidro da frente. Na arma havia um balão estourado amarrado em seu cano, junto com uma carta que dizia: "parabéns, caso encerrado, Sherlock". Sobem os créditos.

—Que grande porcaria! — disse Tiago se levantando. — Não entendi nada desse final, que filme horrível é esse que você indicou hein Julia, tinha que ser francês...

—Desculpa Ti, tinha esquecido que você não tem cerebelo mais.

—Eu gostei, achei bem profundo e amei o plot twist. Muito inteligente ele ter prendido a arma no balão de gás hélio, é o tipo de ideia que eu teria — afirmou Rafael.

—Ah! Então é isso! Achei que tinha sido o aniversário de alguém no dia, sei lá — inferiu Leia.

—Ohhh meu deus, só podia ser você Leia. Ah gente, não acredito que amanhã vai ter aula... — Pedro se desesperou um pouco ao se ouvir falando isso.

Era o fim das férias do primeiro ano, era normal que eles se estressassem um pouco. Faltando apenas dois anos para a faculdade, já tinham crescido tanto, apesar de ainda manterem algumas manias.

Tiago não tinha mudado muito em questão de aparência, apesar de agora estar cultivando um protótipo de bigode, que ele insistia em dizer que viraria uma longa barba de lenhador. Era um menino muito inteligente e precisava estudar muito mais do que seus amigos mesmo assim. Isso acontece porque a situação financeira de seu pai não havia melhorado nem piorado, se mantinha muito precária, o que obrigaria ele a pegar uma bolsa relevante na faculdade que fosse cursar (não tinha decidido ainda em meio a tantas engenharias). Mesmo tendo se tornado mais sério, não tinha perdido seu senso de humor "rebuscado".

Leia não tinha abandonado a igreja, mas não andava mais com as pessoas de lá depois de um incidente que teve com pessoas que seguiam qualquer coisa, menos as palavras de amor de Jesus. Ela achava as pessoas de lá falsas e tóxicas, mesmo seus amigos sendo ateus ou agnósticos, ainda tinham uma coisa que não se precisa de uma religião para seguir: A ética. Era boa aluna, amava fazer resumos bonitos com títulos bem desenhados.

Pedro provavelmente era o membro dos cinco que mais havia mudado. Por mais que não reconhecesse, com a chegada de Rafael sua relevância havia diminuído um pouco, o que o fez ficar um tanto ressentido. A LCFT tinha crescido bastante, flertava uma parceria com a empresa de segurança privada, a Reptilla Segurança, o que faria com que seus pais tivessem mais tempo para ele. Paula era contra a parceria, dizia que ia contra os seus princípios e isso causava grandes contendas nos laboratórios. Pedro se tornara um menino muito bonito. Dedicava muito do seu tempo ao surf e à creche do Iguatemi, da qual se responsabilizara em 2017. Namorava uma menina russa que havia conhecido em uma de suas viagens, a jovem Olga Stalin, o único problema, é que Olga não gostava muito de praias.

Julia se desenvolveu, mas manteve seus traços principais, sendo muito fácil reconhecê-la em suas fotos da infância. Ouvia Arctic Monkeys, amava ler livros de romance e suspense e ver filmes europeus enquanto tomava café. Seu cabelo tinha crescido e chegava em suas coxas, ela se orgulhava disso e de vez em quando fazia Rafael trançar as mechas. Sua maior paixão era a praia, o vento da maresia soando em seus ouvidos, o cheiro da água salgada, o queijo coalho que passava com bastante frequência, visto que, na Bahia, é quase que uma tradição. Apesar de ser cética, tinha um vício em sentir as energias das pessoas por quem passava, e acreditava que a individualidade que possuímos deriva da intensidade e da intencionalidade dessas energias. Assim, sob seu próprio conceito, pode-se dizer que Julia era energia como a própria luz, encantava por quem passava, dando um ar de paz e tranquilidade, e às vezes parecia muito mais madura que todos os adultos que a cercavam.

Rafael e sua mãe viviam bem, apesar de Paula estar começando a se incomodar com a associação da LCFT com a Reptilla (frequentemente ela chegava em casa extremamente preocupada e perguntando para Rafael se estava fazendo a coisa certa em continuar na empresa e colaborar com os projetos, que ela considerava perigosos e moralmente errados, apesar de não poder expô-los para seu filho por determinação jurídica). Paula havia se tornado CEO da LCFT, e estava intimamente ligada a tudo que a empresa fazia, ganhava uma nota com isso e conseguia viver melhor do que na época de Túlio (que, a propósito, nunca havia voltado desde 2013). Rafa era conhecido por todos do Farol de Santa Cruz, os professores amavam sua companhia e interjeições engraçadas nas aulas, porque eram leves e ajudavam a desestressar os outros alunos.

Rafael enfim descobrira que era apaixonado por Julia, eles não eram tão parecidos, mas pareciam estar conectados de alguma forma e nunca ficavam sem assunto sobre o que conversar. A melhor parte do seu dia era quando chegava em casa e eles conversavam por ligação sobre o universo e teimosia, ou quando eles ficavam juntos na sala 63 do colégio (sempre vazia, mas com o ar condicionado ligado) sem falar nada, apenas respirando, combatendo o porre que é viver em um mundo onde tudo as vezes só parece plástico. Cansativo. Entediante. Padronizado.

03 de Fevereiro de 2018, 6:56 AM

Então começam as aulas. Os outros colegas da Crew ainda eram os mesmos desde 2013, era uma turma que, querendo ou não, se conhecia muito bem. Não existiam inimizades, digo, a questão é que por mais que dissessem que eram uma família só, unidos, a divisão em grupos menores era inevitável, quase que implícita. De qualquer forma, Tiago adorava não ter mudado de turmas.

—Odeio conhecer gente nova — dizia ele —, eles sempre ficam idolatrando minha beleza divina em vez de prestar atenção em minhas outras qualidades! Aff!

Uma moça chega por trás de Tiago e dá dois tapas em suas costas.

—E ai Tiagueira, como que vai querido?

Era Sandy Romero, a aluna intercambista mexicana que teve um caso com Tiago no ano anterior, porém, depois de ficarem uma vez no reg do primeiro ano, Sandy nunca mais foi a mesma com ele. Desde então, Tiago agia diferente com as meninas que se aproximava, por mais que sentisse algo a mais, suprimia sem nem perceber como uma forma defeituosa de autodefesa.

—Err... Oi Sandy, qual foi que deu, vai ficar aqui mais um ano é? Seus pais não iam para a Califórnia se casar ou sei lá.

—Desistiram, eles falaram que é um tanto de hipocrisia querer se casar dentro de uma igreja que, enquanto instituição, repudia o fato deles se amarem e serem felizes, que não iriam colaborar com isso. Ai fizeram uma cerimônia numa ilha aqui do lado a... Ilha dos Frades, possino eu.

Sandy ainda tinha muito sotaque, quando falava rápido era um pouco difícil reconhecer exatamente o que eu queria dizer. Assim, Tiago deu aquela famosa manobra evasiva do "ah... tá..." simultâneo a uma fuga discreta, fingindo que está com pressa.

Chegando na sala, os meninos iam ter aula com o único professor novo do ano. De início, não sabiam quem era, mas haviam os seguintes dizeres no quadro:

A sociedade se repete em padrões, e o que vimos com Mussolini pode estar voltando. Sentem-se.

Palavras do sociólogo Glauber Telmário, que fazia questão de expor suas ideologias políticas e teorias da conspiração, as quais os alunos não poderiam refutar se quisessem continuar tendo aula daquela matéria em paz. Apesar disso, Glauber era super carismático e quando realmente dava aula, um ótimo professor, os alunos o amavam. Em seu primeiro dia, anotou seu nome no quadro e pediu para que todos se sentassem, pois iria falar algo importantíssimo para o futuro da nação. Disse Telmário:

—Olá, novos alunos. Como vocês já sabem, meu nome é Glauber. Não tenho muito tempo a perder, então primeiramente gostaria de saber o nome de cada um de vocês para que eu possa discursar sabendo com quem eu falo.

Assim, foi perguntando de um a um, fazendo piadinhas com as histórias e nomes dos alunos (como Sandy, que passou alguns minutos conversando com ele sobre o porquê dos golfinhos serem os animais mais incríveis do mundo). Quando passou por Pedro e Rafael, o professor não fez anedotas ou comentários divertidos, parecia que já conhecia os meninos, e não gostava muito deles.

—Danosse, Glauber não disse nada de vocês dois, vocês são tretados, é? — perguntou Leia, curiosa.

Ambos riram um pouco e esticam seus braços como quem diz que também não entendeu nada. Rafael comenta rindo:

—Ele deve tá chateado porque a gente passou a mão na careca dele.

Acabando de passar os nomes, Glauber prosseguiu seu discurso.

—Então gente, pelo que vocês falaram, todo mundo aqui tem 16 ou 17 anos. — Nesse momento todos olharam para Bruno, o repetente que já tinha 20 e chegava no colégio dirigindo. Como era filho do diretor, não se importava com nada, mas era amigo dos meninos da sala. — Então todos vocês já têm idade para votar. Esse ano, gente, como vocês devem saber, teremos as eleições presidenciais, vocês devem conhecer o candidato Tatu, não é? Queridos, o Tatu é dono de uma empresa de segurança privada chamada Reptilla. Essa empresa está comprovadamente envolvida com o crime que é a manipulação genética, até porque, nesse país, você pode literalmente brincar de Deus e mexer no DNA de crianças, mas as mulheres da periferia não têm o direito de conseguir um aborto clínico de qualidade, não é? Bem, de qualquer forma, o discurso desse animal, e até ele se reconhece como tal ne, se chamando de Tatu por aí, é extremamente perigoso e está crescendo cada vez mais entre os eleitores. Eu vejo as pessoas falando das melhorias que suas políticas econômicas liberais trarão, mas amigos, toda a política proposta no plano de governo dele é antidemocrática e veladamente ditatorial! De liberal, não tem nada além de uma política econômica! O Tatu quer colocar a empresa dele, a Reptilla, como responsável pela segurança nacional! Extinguir a PM, a PF e toda P que vocês imaginarem! Aí vocês podem falar "não professor, assim é melhor, a PM é em sua maioria corrupta e racista, tem que cortar mesmo", mas meus confrades, o que Tatu trás como solução é só uma forma escondida que ele arranjou de instaurar uma nova ditadura no nosso país! Não faz muito tempo que a Reptilla se fundiu à LCFT- nesse momento, Pedro e Rafael levantam a mão- uma empresa de manipulação de células tronco gente, pelo amor de deus! Claramente, o objetivo dele com isso tudo é fabricar uma raça de super soldados reptilianos ou algo assim, tomar completamente o poder do país e engatilhar a terceira Guerra Mundial! Isso vocês estão ouvindo de um doutor em sociologia, não do tio terraplanista de vocês, acordem! Não deixem que esse país caia nas garras da extrema direita!

Telmário procura outra pessoa senão Pedro ou Rafael com a mão levantada, mas visto que não, ele diz:

—Fala você, vai — apontando para Pedro.

—Cê não acha meio imbecil pensar que a LCFT, uma empresa preocupada com a medicina, prevenindo doenças genéticas em bebês e ajudando paraplégicos a voltar a andar estaria envolvida em uma merda desse tamanho, hein professor?

Glauber estufa o peito e diz:

—Vamo fazer o seguinte então? Eu sei que você é filho dos donos da LCFT e esse seu amigo ai que tá me olhando estranho também. Então, vamos lá, trabalho de casa para todos vocês! Quatro pontos extra na média final da unidade para quem conseguir me provar que a LCFT e a Reptilla não têm nenhuma relação com a nova ordem que o Tatu quer aplicar no nosso país, e que ela é só essa empresa fofinha que ajuda paraplégicos. Trabalho em dupla, quero próxima semana, depois disso não aceito mais, dividam as duplas agora. Por hoje é só.

Rafael e Pedro ficaram pianinho pois tinham certeza de que estavam certos de que seus pais eram boas pessoas, assim, ganhariam quatro pontos facilmente. Sem nem pensar direito antes, Rafael já olhou para Julia convidando-a para ser sua dupla, aceitou na hora, claro. Pedro e Tiago foram juntos, e Leia foi com uma amiga dela de fora da Crew, Teresa.

O resto do dia seguiu normalmente, e com normalmente leia-se cansativo, assim como o resto da semana. Na sexta-feira, Rafael já estava um caco. Estava se esforçando esse ano para ser um bom aluno, anotava tudo e estudava em casa. O problema é que, somado a essa nova rotina mais intensa do que comer, dormir e conversar com a Crew, Rafael enfrentava novamente um dos seus maiores problemas: o tédio e a monotonia.

Como o estrangeiro de Albert Camus, Rafael sentia seu universo muito a parte da maioria das pessoas com quem convivia. As vezes achava um porre conversar com seus próprios amigos, se isolava pelo resto do dia. "O seu problema é que você é muito intenso, procura experiência e significado em tudo, quando na verdade as coisas nem sempre são produtivas ou interessantes. Pensar nisso só torna elas menos interessantes ainda". Isso foi um discurso de Julia para ele quando estavam deitados na praia na frente do colégio (com uma maresia deliciosa aos pulmões que os dois amavam apreciar e passar o tempo). Depois de Rafael falar para ela o quanto tava se sentindo mal e com dor de cabeça, e explicar a situação toda, decidiram passar lá para tomar um banho de mar. Julia seguiu:

—Sabe, as pessoas tão se tornando mais mecânicas, é difícil encontrar alguém que ainda consiga viver por aquilo que sente, ou que queira sentir. A questão é focar nas estrelas. Olha como elas tão lindas hoje. O universo nunca para de se expandir, as coisas nunca param de ficar cada vez mais distantes e irrelevantes. Mas essas estrelas, elas são teimosas, vivem contra a correnteza, e é graças a elas que o céu fica tão incrível de noite.

Rafael a abraça e a encobre com seus braços, fecha os olhos, murmura um "obrigado" e eles passam um tempo olhando para o céu. Julia começa a cantar:

—A green plastic watering can

For a fake Chinese rubber plant

In the fake plastic earth

That she bought from a rubber man

In a town full of rubber plans

To get rid of itself

It wears her out

It wears her out

It wears her out

It wears her out

Os pais de Julia chegaram, deixaram Rafael em casa e seguem para a deles.

Quando chegou em casa, Rafael encontrou sua mãe dormindo no sofá da sala, e a acordou mandando ir para a cama. Sabia que, se ela ficasse lá, iria reclamar o dia seguinte inteiro de dor nas costas.

—Mãe — disse já subindo as escadas —, vai pra cama.

—Ah, boa noite meu amor, desculpa. Hoje foi um dia muito complicado la na LCFT, o Tatu ta me fazendo fazer umas coisas que eu não sei se deveria...

Paula começa a chorar e Rafael ao perceber isso desce novamente e dá um abraço na mãe.

—Tá tudo bem... eu sei que você não tá fazendo nada de errado. Tu é maravilhosa, tá? Minha inspiração pra levantar da cama todos os dias. Se acalme.

—Eu faço tudo por você, Rafa — disse ela enxugando as lágrimas.

Foram dormir.

No dia seguinte, Rafael tinha marcado com Julia de fazer de tarde a pesquisa proposta por Glauber, e depois, se sobrasse tempo, assistir um filme na internet.

Quando ela chegou, parecia estar muito animada com alguma coisa.

—Rafael! — gritou ela. — Descobri como entrar na Deep Web! Olha como eu sou incrível!

—Iuhu! Parabéns! Vamos pegar o Telmário de jeito. Provas incontestáveis. Vamos começar logo, vem cá, bó pro meu quarto.

O quarto de rafa era, na pior das hipóteses, interessante. Espalhava placas e pôsteres pelas paredes que comprava em suas viagens e shows que ia de bandas indie como Cage the Elephant e The Strokes. Julia amava, claro, passava alguns segundos admirando as paredes do quarto do amigo, o que mais lhe chamava atenção era uma placa preta que dizia "As sombras hão de brilhar pra sempre". Sentaram então na frente do computador e Júlia começou a trabalhar. Entrou na rede "Tor", a mais famosa e utilizada, uma vez no anonimato e 100% (ou quase 100%) segura.

—Então... Vai querer pesquisar o que? — perguntou Julia.

Rafael toma a frente do computador e pesquisa "LCFT comprada pela Reptilla?", abre um blog chamado "Repitilianos são a arma do neonazismo". No blog, descobriram que uma mulher anônima autodenominada Ursa Maior estaria teoricamente infiltrada nas indústrias LCFT e na Reptilla e alegava que ambas tinham um objetivo sombrio para o Brasil: Transformá-lo na maior potência bélica do mundo, e assim derrubar a China e os EUA por meio de uma guerra secreta e sigilosa. Havia uma aba para conversar com a tal Ursa Maior, Julia relutou e disse que não deveriam se envolver com essa gente, mas Rafael insistiu, queria saber se tudo aquilo era verdade ou a menos fazia algum sentido. Assim, escreveu para a blogueira:

{Rafael} olá, gostaria de conversar com você.

Esperaram mais de 10 minutos e não obtiveram resposta. Julia, vendo como o amigo estava abalado com a hipótese terrível de sua mãe estar se envolvendo com neonazistas, sugeriu:

—Rafa, deixa isso de lado por enquanto, tá? Vamos assistir o filme e deixar o computador ligado, qualquer coisa, qualquer mensagem que ela mandar, a gente vai saber.

E então, depois de passar as mãos no rosto e respirar fundo, Rafael ligou a televisão e abriu a Netflix. Rapidamente ele se animou de novo.

—Que filme? Psicose? Pulp Fiction? Babadook? Já sei!! Duro de Matar 3! Não acredito que botaram de volta aqui!

—Rafael, a gente já viu todos esses umas 50 vezes, vamos ver algo diferente hoje, tipo sei lá, O Mar de Natalia, por exemplo.

—Isso não é um filme de romance? Credo mulher — disse provocando, mas já querendo ver o filme e feliz de Julia ter sugerido.

—Por favor! Nunca te pedi nada! É um clássico, assim como todos os outros que você citou ai.

—Nunca chegará aos pés de Duro de Matar 3, mas eu posso dar uma chance.

Assistiram ao filme todo. No início, ela na cama e ele na cadeira do computador, no meio, os dois na cama, e ao final do filme, Rafael segurando o choro abraçado a Julia, nem um pouco arrependido de ter escolhido esse filme. Natalia escreve uma carta na cena final com os dizeres: "Estou sozinha de novo. Só eu, Ayala e as contínuas ondas do mar que não me deixam esquecer da descontinuidade da natureza. Você partiu sem olhar para trás, fico desentendida por todos a minha volta. Sinto sua falta, falta de sua presença". Sobem os créditos ao som de "The Only Ones Who Know". Rafael olha nos olhos de Júlia, ela pergunta "o que foi?", ele responde "nada". Eles se aproximam até quase selar os lábios um do outro, e até conseguirem sentir suas respirações, entrando e saindo, como uma energia vital que se intensificava. Julia então se aproxima o mínimo que faltava e beija Rafael, que pega uma mão em sua cintura, e a outra em seu cabelo. Eles se beijam. Julia sobe em seu colo, ele acaricia suas costas, cheira seu pescoço. Julia se deita e Rafael fica por cima, estavam mais que chapados, mesmo sem nunca ter utilizado nenhuma droga, até que então...

—YOUSUFFERBUTWHY

—O que é isso? — perguntou Julia envergonhada e irritada.

—É a menor música do mundo, "You Suffer" do Napalm Death, também é o som da minha notificação do computador! A Ursa respondeu!

Julia revira os olhos e eles correm para a máquina.

{Ursa} olá, boa noite. O que deseja saber?

Rafael respondeu:

{Rafael} gostaria de saber como posso ter certeza de que você é quem diz ser, suas acusações são graves, e podem interferir no futuro de muitas famílias.

{Rafael} primeiro

{Rafael} como pode provar que a LCFT e a Reptilla se aliaram de alguma forma?

{Ursa} posso te mandar os contratos. Segue em anexo.

{Ursa} FOTO

{Rafael} li e me parece verídico, mas você pode ter falsificado de qualquer forma.

{Ursa} olha

{Ursa} eu sei que você é o Rafael

{Ursa} filho de Paula

{Ursa} reconheço pela forma que você fala

{Ursa} Rafael, eu to na Reptilla faz alguns meses, sou filha de um dos sócios e acionista

{Ursa} mas eu quero acabar com esse pesadelo, os planos do meu pai, do Tatu e dos pais do seu amigo Pedro são perigosos

{Ursa} podem causar uma Terceira Guerra Mundial, não posso deixar que isso aconteça

—Que desgraçada! — indignou-se Rafael.

—Rafa, calma, pergunta a relação de sua mãe com isso tudo.

{Julia} e o que que minha mãe tem a ver com isso

{Julia} o que que ela fez, hein?

{Ursa} sua mãe ta sabotando o projeto do jeito dela

{Ursa} é uma boa pessoa, Rafael, mas ela não pode perder esse emprego, diz que faz por você

{Ursa} então ela ajuda a manipular as células que darão origem aos repitilianos, tenta atrasar

{Ursa} mas querendo ou não, de vez em quando ela tem que apresentar resultados, senão é botada pra fora

{Rafael} só mais uma coisa

{Rafael} o Pedro sabe disso tudo?

{Ursa} chega por hoje, querido

{Ursa} tchau

{Rafael} ei

{Rafael} me responde!

{Ursa maior está offline}

Rafael e Julia decidiram dizer ao professor Telmário que nada haviam descoberto, pelo bem da mãe de Rafael e pelo bem da sanidade mental de Pedro. Os pais de Julia chegaram, ela se despediu do amigo com um beijo na bochecha e de Paula com um aceno de longe.

Ao chegar em casa, ela mandou uma mensagem para Rafael:

{Julia} oi, pode conversar? Tem que ser rápido porque amanhã a gente tem aula...

{Rafael} podee

{Julia} então

{Julia} acho melhor a gente ir devagar com isso tudo sabe

{Julia} eu te amo muito e queria isso faz bastante tempo

{Julia} mas acho que se a gente for rápido demais, estraga

{Julia} e eu não quero te perder

{Rafael} entendo.

{Rafael} vamos deixar as coisas rolarem como sempre fizemos ok?

{Rafael} se for pra ser, será :)

{Julia} :)

Rafael não conseguiu dormir naquela noite. Pensava em sua mãe, pensava que terá que mentir no dia seguinte e, principalmente, pensava o quanto queria que a Ursa Maior não tivesse respondido, e ele tivesse ficado lá com Julia, até amanhecer.

Capítulo III: Problemas com carro & as eleições

(2018)

23 de Novembro de 2018, 19:20 PM

Rafael está deitado, ouvindo os passos dos seus inimigos. Se agacha e vê dois meliantes, rapidamente saca sua AK e começa a atirar neles, que se escondem atrás de uma construção indefinida.

—Tem 2 ali na direita Pedro, rusha com a pump que é sucesso.

—Cobre a gente ai Rafa, vamo pra cima deles Titi!

Pedro e Tiago se movimentam na direção dos oponentes e levam diversos tiros.

—ATIRA NOS CARAS BROS, NÃO ACREDITO QUE VOCÊS VÃO MORRER!

—EU FALEI PRA VOCÊ ME COBRIR MAN, VOCÊ É MAIS INÚTIL QUE UM SALAMITOS DA SADIA!

—Opora gente, se acalma ai... Hoje não ta dando pra gente não.

Os 3 morrem, Rafael, abaixa o controle e o coloca na cama.

—Tosco... que merda, mano, hoje não deu pra ganhar nenhuma— constatou Rafael.

—Pois é, já tivemos dias melhores. Gente, eu vou dormir, tá tarde demais já e amanhã é segunda— disse Tiago.

—A última das segundas! — animou Pedro.

—Boa noite meus confrades.

—Boa noite, Titi.

{cobraextremeXD está offline}

Rafae confere se Tiago realmente saiu da ligação e então murmura:

—Mano... deixa eu te perguntar uma coisa.

—Rafael, eu sou hetero, sinto muito, mas não tenho interesse.

—Não é isso seu idiota. Você sabe se a Julia ta... com alguém?

—O QUE? Isso de novo Rafael? Eu achei que você tivesse desistido na 8 vez.

Já estavam no final do ano, durante todo esse tempo, Rafael e Julia haviam tentado algumas vezes, mas problemas com os pais e o medo de todo esse conflito acabar com a amizade deles, decidiram encerrar por ali, que dizer, Julia decidiu.

—Ah mano, é foda sabe, é que ela é do tipo de garota que as pessoas escrevem música sobre.

Pedro franze a testa, respira fundo e diz:

—Não me diz que você ta querendo fazer uma música pra ela...

—Você sabe que não é isso que eu to querendo dizer.

—To ligado, mas você não acha que ela é um sonho muito alto não?

—Eu espero de verdade que não... Mas de qualquer jeito não sei se eu seria capaz de tomar alguma atitude, a gente é muito amigo sabe?

—É Rafa, life sucks, só acho difícil você conseguir esconder isso ai por muito tempo.

—Sei lá mano, mas olha, cansei desse papo de sadboy, deixa eu ver o que é que tá passando na TV.

Rafael pega o controle da televisão e coloca em uma emissora qualquer. Uma entrevista ministrada pela consagrada jornalista Fátima Bezerra ao candidato Tatu, que liderava as pesquisas de voto.

—E agora iniciaremos a entrevista com o mais jovem empresário, o dono da Reptilla Segurança e o candidato mais bem-sucedido nas pesquisas para candidato a presidente da república Brasileira, conhecido como Tatu.

—Oh lá Pedro, o candidato do ano, né...

Rafael não havia comentado nada sobre o que possivelmente descobrira sobre a LCFT e o Tatu, nem para Pedro nem para sua mãe.

—O Tatu? Meu deus, não da pra perder essa!

Pedro pega o controle da televisão e coloca na mesma emissora que o Rafael.

—Boa noite, senhor Tatu — disse Fátima em um tom debochado, porém sério.

—Boa noite, Fátima.

—Bom, eu gostaria de iniciar a entrevista com o senhor, perguntando o seu plano para reduzir o desemprego no país, que tem se acentuado com a crise que aqui se instaurou. Estamos praticamente vivendo uma guerra civil entre policiais e traficantes, e a população está refém disso tudo.

Tatu olhou diretamente para a câmera com seus olhos castanhos e profundos.

—Bom Fátima, a situação que o país se encontra atualmente é lastimável, no meu governo, a senhora pode ter absoluta certeza de que essa situação será revertida. Com a Reptilla no controle da segurança nacional, pode ter certeza que não haverá mais um traficante que queira perturbar a vida do cidadão de bem!

Fátima faz cara de espanto.

—Então o senhor afirma que dará poder à sua empresa de segurança privada em detrimento da polícia?

—É isso que você ouviu. O povo está cansado de toda essa ladainha governamental que trata esses demônios como se fossem gente. O sangue de nosso povo está nas mãos de todos esses irresponsáveis, em nome de que? De liberdade? Enquanto se priorizar a liberdade e não o poder do Estado, vamos ficar cada vez mais fracos e sermos devorados por essas potências internacionais, pela ONU, e pelos malditos criminosos!

O público aplaude com louvor e começa a gritar quase em uníssono uma única palavra, um único clamor: TATU!

Rafael desliga a televisão assustado e em choque. Pergunta a Pedro:

—Como é possível que seus pais, pessoas tão sérias, apoiem essa atrocidade...

—Meu deus, isso foi... esclarecedor. O meu pai diz vai ser muito bom caso o Tatu vença as eleições. Amigo, você é um condor que valoriza sua liberdade acima de tudo, até voar tão alto que bate em uma turbina de avião. Não vai funcionar pra você, só vendo na prática. Boa noite bro.

—Boa noite, eu acho...

24 de novembro de 2018, 6:35 AM

A última segunda-feira de aula no Farol de Santa Cruz. Pedro estava super ansioso, disse aos amigos:

—Meu pai comprou um carro novo muito louco, sexta vamos depois do almoço lá pra casa, ficamos um pouco na piscina e depois vamos com ele pro supermercado comprar larica hehehe.

—E agora você sabe dirigir, é? — indagou Leia — Você sabe que isso é crime, né?

—EU SOU A LEI! E, além do mais, nosso amigo Rafafá ali — Rafael acena com a cabeça — é um ótimo motorista.

—Indubitavelmente- ratificou Rafael com um sorriso sem graça.

Apesar de tudo, não era exatamente com o carro que Pedro se animava. Mais ou menos no meio do ano, ele havia descoberto uma paixão por sua amiga Julia que ele mesmo não sabia explicar, mas pretendia se declarar a sexta, logo após ultrapassar um difícil obstáculo: Rafael.

A semana correu normalmente, com exceção à aula de Telmário na quinta, que rendeu a Rafael um grande problema. Dizia Glauber, em seu último discurso:

—Meus companheiros, está para acabar nossa última aula do ano. Só tenho a agradecer a todos vocês! Por mais que tenhamos passado por certas turbulências no inicio do ano — olha fixamente para Rafael e Pedro —, acredito que superamos tudo isso. No mais, as eleições são amanhã, espero que vocês votem com consciência do que estão fazendo, combatendo ou ajudando o nazifascismo... A entrevista do Tatu ontem para a Fátima me deixou extremamente preocupado. Não corroborem com isso, mão sejam como seus pais.- olha novamente para a dupla.

Rafael então responde:

—É sério que você não pode terminar o ano sem falar merda da minha mãe, Telmário?

—Você ta louco é?! Quem te deu o direito de falar assim comigo?

A sala toda inflamava a briga com um "Uhhhhhh" provocador.

—Você não me respeita e e tenho que te respeitar?!-disse Rafael, tomado pela raiva do professor atacar sua mãe, mesmo sem conhecê-la e saber o que ela faz para impedir o avanço do projeto.

Glauber vai até a cadeira do garoto e o arrasta pelo braço até a diretoria. Aquilo o rendeu uma suspensão. Não poderia ir para o último dia de aula com seus amigos. Teria que apresentar para mãe e tomar esporro. Aquilo o deixou com mais raiva ainda. Voou para a sala, empacotou seus pertences e voltou andando (ou marchando) para casa. Quando Paula viu, já sabia do que se tratava, parou na sua frente impedindo que fosse ao quarto e disse:

—Me dá esse papel, Rafael! — ordenou.

Após ler, Paula balançou a cabeça em negação.

—Não é assim que se resolvem as coisas, filho. Agora você vai perder seu último dia de aula por causa de uma discussão com um idiota desses...

—E bota idiota nisso!

—Não se preocupe tá bom? Esse pesadelo já vai acabar, tenho força no meu Ghali.

—No que?

—Ah, deixa pra lá— fala rindo —, vai descansar, filhote. A Margareth me contou que vocês vão para a casa do Pedro amanhã. Espero que curta!

1 de Dezembro de 2018, 9:40 AM

Tiago se aproxima da piscina e bota a mão para ver se estava gelada. Agonizou um "Uhh" e pensou em falar para a crew que estava quentinha, para que eles caíssem sem mais nem menos e ele pudesse rir bastante. Até que, subitamente, Tiago é empurrado para a perdição. A meliante cai junto com ele, rindo bastante. Era Julia.

—E aí, ótario— disse ela tirando o cabelo do rosto.

—Ah você cale sua boca!— riu.— Essa piscina do Pedro é muito top mano, cadê o resto?

—Hoje é dia de ensaio da banda do culto, a Leia ta na igreja e o Pedro já tá descendo com o primo dele. Rafael já já chega também, ele tá terminando de votar.

—Esse primo do Pedro deve ser bundão igual a ele— disse Tiago olhando em direção ao apartamento de Pedro.

—Hahaha, tem razão, só cuidado pra não morrer afogado.

—Que?

Julia empurra Tiago para baixo dando-o um famigerado caldo. Agredido, Tiago sobe de volta recuperando seu fôlego jocoso.

—Mas hein?

Há alguns meses, Tiago começara a introduzir seu bordão, vira e mexe, em momentos oportunos ou não, a frase "mas hein" saia de sua boca. Julia refutou:

—Para com esse negócio de bordão cara, não vai colar.

—Hur dur, mas hein ta bombando lá em São Paulo. Vem cá, vamos tirar uma foto pra mandar pro Rafael.

Tiram a foto abraçados. Tiago manda a foto com a legenda "mas hein". Chegaram Pedro e seu primo subindo as escadas. Pedro estava de sunga e camiseta polo florida aberta, mostrando seu tanquinho, provavelmente para chamar atenção de Julia. Objetivo não alcançado. Tiago ri descontroladamente:

—O que é agora? — perguntou Pedro.

—E essa sunguinha aí, é da Gucci? Hahahahahaha

—Ha-ha-ha tapadão. Galera, esse é o Sérgio.

Sérgio acena envergonhado com toda a situação, apesar de ter rido da piada de Tiago.

—Vamos fazer o que? — perguntou ele.

Pedro e Julia se olham e ambos empurram Sérgio na piscina. Eles ficaram lá por um tempo até Leia chegar.

Leia ia em direção ao grupo trocando olhares com Sérgio de jeito estranhamente sedutor, chegando lá, Sérgio pergunta:

—E quem é essa ai? — estufando o peito.

—Prazer, Leia.

Sérgio olha para Pedro e faz uma cara de "ulalah". Pedro fala que vai em casa resolver uma coisa. Tiago insurge da piscina inferindo:

—Do jeito que é peluda tá mais pra chewbacca — ri da cara da amiga.

Leia pega sua sandália e joga certeiramente em Tiago na piscina.

—Mas hein... — disse triste enquanto passava água na assadura.

—Cara... para, por favor — suplicou Júlia.

Enquanto isso, sufocado em sua paixão pela amiga de infância, Pedro estava muito travado e preocupado de não conseguir executar seu plano. Tirou da geladeira, em uma gaveta escondida da qual nem os pais tinham conhecimento, uma garrafa de 100 ml de vodca Smirnoff, em seu fundo havia escrito:

Grad. Alc. 40,3% Vol

—Preciso me soltar — disse o garoto antes de virar a garrafinha, pegar a chave do carro e descer para encontrar os amigos.

Ficaram lá mais uma hora na piscina, Leia e Sérgio saíram por um tempo e voltaram depois. Pedro e Rafael faziam um duelo velado para chamar a atenção de Julia e Tiago brincava como sempre. Quando todos estavam lá, Pedro, já alterado, proclamou:

—É chegada a hora — levantou a chave do carro —, compadre Pedro, venha pegar a espada, com ela mataremos o dragão e comeremos sua carne!

—Ew! — Leia enojou.

—Ih mulher, a gente só vai no supermercado comprar comida.

—Ah tá! Você fala desse jeito estranho aí!

Julia ri da discussão. Rafael se levanta e pega a chave.

—Vamos nessa Rapeize! — disse ele.

Leia e Sérgio foram na mala, Júlia e Tiago nos bancos de trás e Pedro na cadeira da frente, "copiloto", como gostava de se chamar.

Pedro morava em uma avenida. O caminho para o supermercado era uma linha reta de 600 metros, a direita na bifurcação e tchã dã! Estavam lá. Ou melhor, estariam.

—Pedro, eu não estou conseguindo frear, a bifurcação tá chegando.

—Ué, freia aí bobão — disse ele meio de lado, já embriagado.

—NÃO TA DANDO PEDRO A GENTE VAI BATER!- gritou Rafael tentando fazer Pedro entender a gravidade da situação.

—AI MEU DEUS! — gritou Leia.

—Puta que pariu! Freia logo Rafael, para de brincar!- disse Julia.

—Não ta dando gente! Eu juro! Já parei de acelerar mas o carro não parou ainda! — Rafael se desesperava, já tirara o pé o acelerador.

—Rafael, vira logo na bifurcação antes que a gente meta a cara no concreto! — gritou Tiago.

—Tá!

—Gente! O carro da frente! Ele tá desacelerando! Vamos bater — desesperou Sérgio.

No meio disso tudo, Pedro dava um sorriso de canto de boca.

—Se acalmem, o salvador de vocês está aqui — disse trêmulo. — Tem o freio mão, deixa eu puxar.

Pedro tenta puxar o freio de mão com todas suas forças, mas não consegue, ficando confuso. Ao olhar para frente, murmurou:

—Vish.

O carro novo e seu pai acabara de colidir a mais de 70 quilômetros por hora em um ônix preto que estava no máximo a 20. O airbag abriu e protegeu ambos os passageiros da frente. Tiago e Julia cambalearam, mas como estavam de cinto, não tiveram grandes prejuízos. Já Leia e Sérgio foram jogados em direção ao teto solar do carro.

Todos surdos. Tiago tinha partido a testa, sangrava bastante. Julia e Pedro desmaiaram, sobrando apenas Rafael, intacto, para ver que sua amiga Leia havia quebrado uma vértebra, danificando sua medula e fazendo com que, futuramente, perdesse o movimento da perna direita. Não encontrava Sérgio, até ver a situação do carro da frente, com o primo de Pedro em seu teto e o motorista com o pescoço quebrado. Ambos mortos.

Logo, as ambulâncias chegaram para socorrer os sobreviventes. Tiago e Leia choravam muito, Rafael foi revisado e, aos socorristas perceberem que ele estava bem, pediram depoimento e o mandaram ir para casa. Ele não dizia uma palavra.

No caminho de casa, uma tempestade forte havia começado. Quanto mais rápido andava, mais forte ela ficava, de modo que, certo momento, caiu um raio na macieira de seu vizinho, derrubando a árvore às suas costas. Lembrou das palavras de sua mãe, "se alguma coisa cair nesse carro nós somos muito azarados mesmo, essa cidade é cheia de prédios altos, eles atraem os raios". Concluiu que não era seu dia de sorte.

Rafael começou a correr, quando chegou perto de casa, viu uma chama forte e mais uma ambulância. Pensou em vários palavrões, "na frente da minha casa?", indignava-se. Alguns segundos depois, quando finalmente chegou, pôde ver que um carro havia batido no poste que tinha na frente de sua casa, um Jester azul de placa FEL-2003, o carro de sua mãe.

Disse um repórter qualquer no rádio da ambulância:

—Com 57,4% dos votos, o senhor Carlos Oliveira, conhecido como Tatu, acaba de ser eleito presidente da República Federativa do Brasil.

Foi uma terrível tempestade.

Capítulo IV: Interlúdio

(2018)

23 de Dezembro de 2018, 11:03 AM

Tudo estava turvo na mente de Rafael Jacques Bittencourt. Ele olhava para sua mãe naquela cama do Hospital São Tersálio sem conseguir acreditar que, Paula Randine, uma mulher tão direita e dedicada ao seu filho, teria entrado em coma por bater em um poste, estando sob efeito de alguma droga desconhecida pelos infectologistas de Salvador. Não havia chorado por nada disso até agora. Não conseguia dizer uma palavra. Segurou na mão de sua mãe e enfim murmurou enquanto lamuriava algo como "Orra Paula, você não pode me abandonar assim. Não pode...".

Enquanto dormia no sofá do ambulatório, Rafael sentiu uma mão em seu peito. Era Leonardo Lewis Martins, pai de Pedro, junto a sua esposa Margareth.

—E aí garoto... dia difícil não foi... — disse ele.

Rafael enxuga o rosto com uma almofada e responde:

—Sim... se você quer falar do que teve com seu carro, senhor e senhora Lewis, é que...

—Não se preocupe, Rafa — interrompeu-o Margareth — Isso não foi culpa sua, já falamos com Pedro, ele está lá em casa de castigo. Só viemos aqui ver como você está com tudo isso e visitar sua mãe, que é muito nossa amiga.

—Tudo aconteceu tão rápido — Rafael começa a chorar —, não tive nem tempo de reagir! É como se tudo tivesse contra mim agora. E o que que eu vou fazer sem minha mãe!? A... — e enfia novamente a cabeça na almofada.

O casal em direção à porta, e antes de sair, Leonardo fala:

—Querido, nós não sabemos o que levou sua mãe a fazer isso, mas aquela sexta-feira ela saiu transtornada da LCFT, estava fora de si. Talvez ela usasse essa droga faz mais tempo e a gente nem sabe. Pobre mulher...

Deu uma pausa e depois saiu pela porta dizendo:

—Na pior das hipóteses, nossa casa sempre vai estar aberta para você.

Rafael recebe um abraço forte pelas costas incomparável. Era Julia, e logo atrás estavam Leia (de muletas) e Tiago. Mexendo no cabelo do amigo, Julia diz:

—Nós viemos ver de novo se tá tudo bem Rafael. Você já ta aqui faz quase 3 semanas. — Deixa escapar algumas lágrimas. — Nós sentimos sua fala.

Rafael abraça Julia de volta, cumprimenta o resto da Crew e anuncia:

—Eu preciso ficar aqui até ela melhorar, sem negociação.

—E você não pode sair nem por uma tarde? — perguntou Tiago.

—É complicado... tenho medo que algo aconteça na minha ausência.

O celular de Rafael começa a tocar e ele desliga sem nem olhar para a tela. Leia ficou curiosa:

—Quem era?

—Ah, esse número tá me ligando desde o dia do acidente. É algum maluco falando que era amigo de minha mãe, sendo que eu nunca ouvi falar dele e ele nem veio visitar, e pedindo pra eu ir no Tibete treinar uma arte marcial com algum monge aleatório ai.

—Tem doido pra tudo né? Deve ter visto na televisão sobre oque aconteceu. Desde o dia do acidente também não me deixam em paz com trotes e afins. O povo dessa cidade é... doente!

—Bem, acho que posso sair um pouco com vocês. Vamos ali no parque que tem aqui na frente, ele é grandão tem aquela academia de idosos top.

Os três, principalmente Julia, ficaram super animados com a ideia. Partiram com aplausos da enfermeira de Paula, que gritou entusiasmada:

—Vai te fazer bem, Rafael!

E, de fato, fez. A reunião da Crew, mesmo que incompleta, depois de tanto tempo, alegrou os corações dos quatro. Era como se nenhum dos eventos nas últimas semanas tivessem ocorrido.

—Então... — perguntou Tiago enquanto se distraia em um dos apetrechos da academia, com os idosos putos atrás olhando para ele. — Quais as metas de vocês pro ano que vem?

—Eu tenho o intercâmbio da igreja la em Toronto! Meus pais davam achando que por causa do meu tratamento não iam conseguir pagar, mas ai o senhor e a senhora Lewis.

—Os pais de Pedro... — desdenhou Julia do pronome de tratamento utilizado pela colega.

—Bem, eles pagaram tudo do tratamento, falando que culpa foi do Pedro e tal. Menos mal.

—Que incrível, Leia! — entusiasmou-se Rafael. — Se tudo der certo com minha mãe, eu pretendo seguir algo na área da biologia, ano que vem vou me esforçar pra passar em uma pública boa lá em São Paulo como a UEB.

—Vocês são chatos. Ano que vem vou começar a fazer meus shows de Stand Up, já falei com meu pai, tem um barzinho que falou que me daria uma chance em Abril.

—Eu vou estar lá! — afirmou Julia. — Mas Pedro, não é Abril o mês com menos pessoas nos bares e cabarés? Sabe, por causa da páscoa...

—Mas hein... melhor ainda! Se for ruim, não passo vergonha.

Ficaram lá até anoitecer, quando a Crew foi embora e Rafael voltou para o hospital, apenas para descobrir que as máquinas que mantinham sua mãe viva haviam parado de funcionar.

A enfermeira chorava muito, mal conseguia falar com o filho da pessoa que ela deveria ter cuidado. Rafael, como era de se esperar, se desesperou. Correu para o elevador. Subiu até o último andar do prédio. Abriu a janela. Sentiu o vento em seu rosto. Subiu no batente e olhou para baixo. Foi então puxado por um homem do tamanho de um armário. Dormiu.

Quando acordou, estava em um navio cargueiro deitado em uma rede. Esse homem, que tecnicamente o sequestrou, usava um macacão azul escuro, lembrando o serial killer da franquia Halloween, Michael Myers. Pensou que ele poderia ter sabotado as máquinas de sua mãe, e ele poderia ser o próximo a vir a óbito. Assim, Rafael tentou se esquivar sem ser percebido para fugir daquele potencial assassino.

—Eu estou te vendo aí — disse o falso Myers, sem nem virar o rosto. — Não se preocupe. Não fui eu que matei sua mãe, se é que alguém fez isso e os equipamentos não simplesmente quebraram. Pobre Paula...

Rafael o encarava estupefato.

—Eu não dormiria por tempo o suficiente pra estar no meio do oceano — afirmou Rafael se afastando.

—Te dei GHB — disse ele calmo e sereno.

—Boa noite Cinderela?!?! — assustou-se Rafael.

—Nós já nos falamos bastante e eu ainda não me apresentei. Sou Hall Albatroz, e o resto você já sabe.

—Eu não sou idiota — enfrentou-o Rafael. — Minha mãe nunca me disse uma palavra sobre você, e um amigo dela não me drogaria! Para de fingir seja la o por que você esteja fazendo isso. Já estou no meio do nada e desarmado. Você vai me botar pra trabalhar onde hein?

—Não menti para você, Rafael. Mas, infelizmente, pelo jeito você só vai aceitar isso mais pra frente.

—Quando exatamente?

—Ora — Hall olhou para o horizonte —, quando conhecer Oriodrec, o mestre do monte Kailash no Tibete. A propósito, Paula me pediu para te entregar isto se tivéssemos que botar o plano em prática.

Hall virou e estendeu artefato para que Rafael o pegasse. Uma pequena ampulheta artesanal, com areia retirada do monastério de Ghali (lembrou que sua mãe sempre falava esse nome se referindo a alguma entidade), com uma corrente de prata para por no pescoço. Rafael assim o fez, e depois perguntou:

—Que plano é esse?

—Um plano para te treinar com o melhor. Impedir que você sucumba por conta do que aconteceu com ela. Fomos Tarbicks ao mesmo tempo la no Ghali.

Rafael fez que entendeu com a cabeça, apesar de não ter compreendido nada daquele linguajar estranho usado por Hall. Quando chegaram em terra firme, Hal se despediu dos tripulantes e os dois embarcaram em uma caçamba de uma caminhonete velha de uma tal de Li-Yu Zhou. Seu destino era o monte Kailash no Tibete. Rafael dormiu no caminho, assim Hal o carregou até a porta do monastério.

Quando acordou, tinha um senhor de ao menos uns 50 anos na sua frente. Seu nome era Oriodrec.

—Você deve ser o Óreo alguma coisa, não é?

—Sou sim, Rafael. Me chamo Oriodrec.

—Finalmente alguém com respostas! — afirmou Rafael irritado. — E cadê aquele tal de Hal hein???

—Hal já completou a missão dele, mas você, filho, pelo jeito está apenas no início da sua. Se acalme, por favor.

—Ah pronto! Você quer que eu me acalme? Ah vá a merda! Meu amigo morre, minha mãe morre e eu sou sequestrado por um maluco do tamanho de um armário que me traz aqui pra aprender a virar budista?! Não me incluo nisso não! Eu só quero respostas e ai vou embora.

Rafael senta no chão. Oriodrec se aproxima e se agacha, falando:

—Filho, eu não sou budista e não acredito em nenhum Deus. Esse monastério que meu bisavô construiu a mais de dois séculos atrás é apenas um refúgio, onde almas perdidas podem recuperar suas energias e canalizá-las em atividades como o Fukotá, encontrar seu verdadeiro Eu, entende? Tenho uma divida com sua mãe. Paula me fez prometer que te treinaria, que não deixaria você se perder.

—Nada disso faz sentido! Minha mãe morreu porque eu não estava la por ela. Isso não deveria ter acontecido e eu não deveria estar aqui! Tenho que ser punido pela merda que fiz. — Rafael aperta os punhos.

—Você não quer que faça sentido, porque é muito mais confortável para sua mente se não fizer, assim você não se esforça. Assumir a culpa de tudo muitas vezes é a fuga mais covarde da realidade.

—Bullshit — revirou os olhos.

Rafael tenta sair andando quando Oriodrec o segura pelo braço. Rafael o ameaça e tenta dar um tapa em sua cara, quando o monge intercepta seu punho e diz:

—No Fukotá chamamos esse golpe de Bèi tí. Eu posso literalmente quebrar e arrancar seu braço fora agora.

Rafael, com medo, abaixou o braço e parou para ouvir o monge.

—Não se estapeia seu mestre, esse é o maior desrespeito que se pode ter!

A pressão de Rafael cai e ele desmaia. Oriodrec o carrega para dentro e se despedindo de Hal, que estava escondido atrás de alguns arbustos.

—Vai fazer bem para o garoto, Hal — disse enquanto entrava. — Você não tem culpa do que aconteceu e foi responsável de trazê-lo até aqui.

Capítulo V: O novato no monastério (2019)

Era noite de ano novo, mas ninguém comemorava pois o ano novo chinês ocorrera em fevereiro. Rafael está sentado em um tronco olhando para um rio nival que corre do monte vizinho. Oriodrec observa por alguns instantes e se aproxima.

—No que pensa, Rafael?

—Tudo que minha vida vem se tornando. Quer dizer se eu dissesse para o Rafael de um mês atrás que ele passaria o ano novo sem seus amigos, em um monte gelado na China... Provavelmente surtaria.

—E você está surtado agora?

—Acho que não.

—Justamente. Essa é a prova de que a vida é como esse rio, Rafael. Suas águas estão sempre mudando e se renovando, mas ele continua sendo o mesmo rio. Nunca perde sua essência. As coisas mudaram de forma súbita para você, mas nunca pense que isso é desesperador ou ruim, é só como as coisas são.

Oriodrec mexe em sua bolsa e tira um fogo de artifício azul.

—É sério? — fala Rafael em tom de deboche. — Esse povo daqui vai querer te comer vivo.

—Eles me respeitam, e esse aqui é diferente, faz um barulho muito mais baixo. Não tem risco de avalanche. Quer acender?

—Quero sim.

Depois de dois fósforos se apagarem com o vento, Rafael consegue acender o pavio e eles se afastam. Após subir a altura das nuvens, o fogo de artifício se desfez em alguns peixes coloridos e os dizeres:

Fe iz 2019

Rafael agradeceu ao sensei e foi dormir. Às 7:00 da manhã do dia seguinte, Rafael acorda com um alto cacarejar de um galo. Assustado, pula da cama e se depara com um galináceo gigante de no mínimo 15 quilos o encarando. Sobe devagar na cama, quando Oriodrec aparece e calmamente pega o galo no colo.

—Se chama Penoso, podemos não estar no ano do galo, mas esse carinha aqui está comigo já faz bastante tempo. —Oriodrec fazia carinho man ave. — Ele vai te acordar todo dia, melhor se acostumar, mas por favor não se apegue muito, pode se arrepender depois.

—Eu posso botar o despertador no celular, não preciso desse monstro perto de mim.

—Deixe-me ver. — Rafael dá o celular para Oriodrec, que joga montanha a baixo rindo.

Rafael fica muito irritado.

—Isso foi muito caro tá?! Santo agostinho, não dá nem pra acreditar que você fez isso...

—Respeite seus colegas. Isso não ia e servir mais mesmo, sem ressentimentos. Agora vamos, você já descansou demais, precisamos começar o treinamento. Me siga.

A dupla e a cadela de Oriodrec, uma akita chamada Zuza, descem do Kailash rumo ao Lago Rakshastal. Enquanto desciam, Rafael observou a existência de outro lago.

—E aquele ali, qual nome dele?

—Aquele é o Lago Manasarovar, evito contato porque lá se aloja a corja do Raytatsu.

—Quem?

—Uma empresa mineradora do Brasil chamada Obecheck, coordenada por esse Raytatsu, que vem sugando tudo que conseguem daqui com a autorização do governo. Tentaram negociar o Kailash comigo, disseram que monte era cheio de carvão. Não vendi, claro, aí tentaram atear fogo ao meu templo. Apesar de ser o dono a gerações, divido aquele monte com alguns amigos meus budistas, ele é muito importante para esse povo, Rafael.

—A Reptilla comprou a empresa que minha mãe trabalhava, não duvido que tenha comprado essa aí também. É estranho porque parece que tudo se encaixa em um plano maquiavélico do Tatu... Me sinto inútil de não poder impedir o avanço daquele canalha.

—As vezes, filho, a melhor forma de resistência é recuar, se aperfeiçoar, e então surpreender o inimigo.
Enchi a casa de armadilhas, quando os mineradores
pensarem em subir lá de novo, se arrependerão. Em
relação ao Tatu, tem que fazer igual. Não é sua culpa
nada disso, você é só um adolescente. Quando estiver
preparado para enfrentar esse império, tenho medo de
quem ficar a sua frente.

O lago Rakshastal é cercado por pequenos mares de
morros. Em uma de suas margens havia um denso
bosque de cerejeiras, lá Oriodrec preparou o treino. Tirou da sua bolsa uma semente de Cerejeira Sakura,
seu caderninho (que ele levava a todo treino e não
deixava Rafael encostar por nada) e ataduras, então
disse a Rafael:

—A primeira tempestade derrubou a sua árvore es-
sencial. Agora, você vai plantar essa cerejeira e, toda
vez que viermos aqui, ao final do treino vai cuidar dele.
Ela vai crescer juntamente de sua nova estrutura, que
na verdade sempre esteve ai.

—Começou esse papo místico... — Rafael disse debo-
chando.

—Meu jovem garoto, essa árvore não se relaciona fi-
sicamente a você ela apenas representa o seu autoco-
nhecimento.

Rafael faz cara de confuso, segurando um pouco riso.

—Já parou para pensar que o seu corpo se sente de
formas diferentes quando você interage com diferen-

tes pessoas? Por que as vezes você cansa das pessoas a sua volta e isso te deixa ansioso?

Rafael acena com a cabeça, e começa a prestar mais atenção para ver até onde o monge chegaria.

—A ciência moderna não consegue explicar a nossa consciência, e ela é a parte mais importante do corpo humano, é o que dita nossa moral e ética, como tendemos a agir, por quem nos apaixonamos. Nós do Kailash, mesmo os budistas, acreditamos na existência de uma energia matriz, não com essência divina, mas algo científico que nós só não somos capazes de entender. Essa energia é capaz de conectar ou separar pessoas em questão de instantes. O nosso subconsciente (batizado de energias Ghali) percebe padrões externos e se cansa deles.

Rafael aparenta finalmente começar a aceitar o discurso de Oriodrec, feliz, ele continua:

—Meu avô, mestre Thai-Hu, viveu o inicio da industrialização em escala global. Em sua percepção, a rotina mecânica e as influências que as pessoas recebem nesse meio cosmopolita prende a consciência delas em gaiolas padronizadas, isso faz com que elas se afastem cada vez mais de sua Ghali, até que chega um ponto que nem elas se entendem mais. Isso pode trazer vários problemas... E quem está fora do sistema, mesmo sem saber, percebe essa plasticidade. Você nunca entrou nesse sistema, Rafael. Mas apesar disso, é muito claro para mim que você não se entende nem um pouco, precisa de ajuda.

Rafael levantou a mão e Oriodrec acenou com a cabeça, lhe passando a palavra.

—Tá, beleza. E daí, se a gente não entende não faz diferença, não da para estudar.

—Apesar de não entendermos a natureza da Ghali, nós podemos sim controlá-la e optimiza-la para o nosso próprio bem. Essa muitas das vezes é a função dos psicólogos, mas eles trabalham apenas uma pessoa por vez. Meu avô era psicólogo, e teve a ideia de criar uma arte marcial que toma regras universais para a Ghali de cada pessoa. O fukotá te ensina a controlar e concentrar essas energias, usando elas a seu favor e como você quiser. Mas tudo isso dá muito trabalho e você precisa querer, senão não funciona. Você quer?

—Sim, senhor.

—Então plante sua cerejeira e coloque essas ataduras em suas mãos, estarei te esperando ali do lado com a Zuza.

Assim Rafael fez. Durante 30 minutos Oriodrec fez Rafael ficar de olhos fechados, concentrando em sua respiração, e nas sensações de seu corpo.

—Pra que isso? — indagou o aprendiz.

—Autocontrole, você precisa estar ciente de forma racional de todo seu corpo e emoções. Já está bom por hoje, amanhã fará 45 minutos, e então 60 nos dias seguintes. Levante-se.

Rafael levantou se espreguiçando e dando um longo bocejo, quando repentinamente Oriodrec que deu um soco em seu abdómen, forte o bastante para deixá-lo furioso e não machucá-lo intensamente.

—Está com raiva?! — gritou Oriodrec.

—É ÓBVIO QUE EU TÔ! POR QUE VOCÊ FEZ ISSO? — Rafael apertava sua barriga com dificuldade para respirar.

—Se concentre na sua dor, na sua raiva, e me devolva o soco! — Oriodrec agachou se preparando para a pancada.

—EU NÃO VOU TE SOCAR, VELHO. NÃO QUERO TE MATAR.

—Vamos! Antes que eu te dê outro!

Rafael enraivecido dá o soco mais forte que consegue no peito de Oriodrec, se arrependendo depois pensando que tinha machucado o sensei. Oriodrec passou alguns segundos com a cabeça baixa e então disse:

—Não foi ruim, mas tem muito a melhorar. Vamos voltar la para o templo, estou com fome. — Levantando-se como se nada tivesse acontecido.

Rafael ficou impressionado comaresistência do sensei. Riram por um tempo e depois subiram. Oriodrec não era o melhor dos cozinheiros, mas era suficientemente bom para um jovem com fome.

13 de Setembro de 2022, 5:30 AM

Os dias de Rafael e Oriodrec seguiam de maneira quase sistemática. Era o aniversário de 22 anos do garoto, nesse meio tempo não se preocupara em cortar o cabelo ou fazer a barba, estando estes tão grandes quanto os do mago Merlin. Oriodrec o acordou com um golpe de fukotá na bunda que fez os glúteos de Rafael ondularem como ondas do mar, seguido de um grito:

—Opa!!! Calma lá meu patrão! — disse dando um pulinho.

—Feliz aniversário, Rafa! Temos muita coisa para fazer hoje.

—Deixa eu escovar os dentes primeiro...

Oriodrec deixa escapar risadinhas.

—Ah, claro. Estarei te esperando no saguão.

Rafael se esforçou horrores para conseguir tirar o restinho de pasta que ainda tinha na embalagem, aceitando enfim que já estava na hora de comprar uma nova. Escovava os dentes olhando para o galo Penoso, se perguntando como o galináceo ainda estava vivo e saudável depois de tanto tempo subindo e descendo um monte congelado no Tibete. Enquanto pensava nisso, deixou uma mecha do cabelo escapar do coque e se sujar toda de pasta de dente.

—Ai caralho! — Arregalou os olhos e sussurrou para que Oriodrec não o ouvisse xingando.

Rapidamente terminou a escovação e tentou lavar a mecha na pia com água, mas apenas deixando-a mais pegajosa. Ao encontrar Oriodrec, a primeira coisa que o monge disse foi:

—Já está na hora de cortar essa floresta que virou seu rosto, filho! 22 anos já, tenha uma cara madura.

—Mas eu gosto do meu cabelo e de minha barba!

— Então não raspe na zero, mas dê um jeito agora. Antes de descermos o monte e pensarem que eu te mantenho aqui em cativeiro, vamos na cidade hoje.

Oriodrec jogou uma tesoura e um balde para Rafael e fez um olhar duro que só ele sabia fazer, o garoto sabia que não teria outra opção. De forma dolorida ou não, Rafael deu um fim ao seu estilo de náufrago, mantendo uma barba rala e um cabelo que chegava apenas aos ombros. Quando se olhou no espelho lembrou de como era seu rosto e deu um grande sorriso Colgate.

Satisfeito, Oriodrec chamou Zuza e o trio desceu a montanha, deixando penoso de vigia.

—Então... — disse Rafael enquanto caminhavam. — Para onde vamos?

—Vou te levar para a cidade onde compro nossos mantimentos e pego a correspondência (até porque nenhum carteiro em sã consciência subiria o Kailash para entregar a correspondência de dois endereços).

—E você pega a correspondência dos budistas é? Sabia não.

—Nos agimos em conjunto, eu ajudo eles com coisas que ficam muito longe do monastério e eles se infiltram na Obecheck e me informam se o Raytatsu planeja nos atacar.

—O que vamos fazer na cidade? — perguntou ansioso.

—Quero que você conheça a cidade e me acompanhe nas próximas vezes. Se chama Yee Ghu, não chega a ser uma metrópole como Pequim, mas tem tudo que precisamos. Fica um pouco distante, nós vamos de carro.

—Carro? — Rafael ri. — Desde quando o senhor tem um carro?

—Deixo ele escondido para que você não tente gracinhas de noite, mas agora acho que já é maduro o suficiente para entrar nele. Não é nada demais, claro.

Oriodrec levou os demais para uma cachoeira de um rio nival não muito largo que tinha próximo ao Kailash.

—Espere aqui agora — pediu Oriodrec.

—Não acredit...

Antes de Rafael terminar a frase, o sensei e sua cadela entraram atrás da cachoeira, saindo de lá com um Opala branco enferrujado.

—Santo Graal, Oriodrec... — expressava incredulamente Rafael, impressionado não apenas com a astúcia de seu mestre, como também o estado do carro.

Oriodrec parou o carro do lado de seu aluno, que ria surpreso e balançava a cabeça em negação, seguiram para Yee Ghu. Foi uma viagem de mais ou menos duas horas, sentado em um banco surpreendentemente confortável e levando vento na cara porque Oriodrec queria deixar as janelas abertas para "não deixar de sentir o cheiro da natureza".

—Chegamos! — animou Oriodrec.

Era uma cidade cheia de prédios e mercados, a primeira vez em que Rafael realmente sentiria como é ser um verdadeiro chinês. A quantidade exorbitante de pessoas nas ruas fez com que o trio apenas conseguisse chegar onde Oriodrec queria depois de mais alguns longos minutos. Passaram por manifestantes com placas defendendo o consumo de carne de cachorro (comércio que havia se tornado terminantemente ilegal em 2020 pelo governo sino, reconhecendo os cães como animais de companhia) e outros ativistas dos animais gritando e brigando com estes.

—Essa decisão do presidente foi extremamente ousada... — inferiu Oriodrec.

—Eu não to nem aí! Essas pessoas são os verdadeiros animais — disse apontando para os manifestantes —, eles que se comam entre si.

—Bem, Rafa, apesar de eu também ser contra o consumo de carne canina por convicções pessoais, é uma grande afronta querer barrar uma cultura tão tradicional aqui na China. É claro que há muito tempo os comedores de cachorro viraram minoria, e que bom por isso. Mas não acho justo com essas pessoas querer barrá-las legalmente, acho que elas próprias acabariam com o tempo, como já estava acontecendo inclusive.

Rafael concordou com a cabeça, mesmo não concordando de verdade.

Finalmente chegaram onde o monge queria, mas diferentemente do que Rafael achava, eles não estavam em um mercado de comidas, e sim em uma loja da Sythomi (marca chinesa de celulares de ponta). Oriodrec pediu para que Rafael ficasse no carro, e assim ele fez. Depois de um tempo, ele volta para o carro e dá o celular numa caixa para Rafael.

—Feliz aniversário de novo! — disse ele.

—É Serio isso?! — disse abrindo rapidamente a caixa e pegando o celular.

—É sim. Quero que entre em contato com seus amigos para que feche essa lacuna no seu coração, sei que se preocupa com eles. Amanhã de manhã eu tomo e devolvo quando você se formar.

De repente o espírito de Rafael se desanima:

—Então... quando o senhor jogou meu celular pela janela eu perdi o chip junto né... Aí perdi o contato de todos... não lembro de cabeça.

—Sobre isso...

Oriodrec abre um porta-luvas e tira um paninho, ao desenrolar, Rafael percebeu que dentro dele estava o tal chip.

—Como assim?! Tu é monge ou ninja?

—Eu retirei ele antes de atirar o celular. Não sou bobo, jovem.

Voltaram para casa rindo e relembrando os momentos que passaram até ali, todos os treinamentos e histórias que aproximaram a dupla, enquanto Rafael animadamente configurava seu novo celular. Quando chegaram no templo, Rafael conseguiu finalmente acesso à internet pelo Wi-Fi que Oriodrec instalara para mandar e receber E-mails pelo seu computador (o qual Rafael nunca teve acesso). Baixou o Whatsapp e enfim, depois de mais de três anos, mandou no grupo "Cornos Universitários Crew" (curiosamente, não tinham expulsado o número do supostamente falecido amigo):

{Rafael} E ai gnt kkkkkk valeu por não me tirarem do grupo, apesar de eu não estar na faculdade que nem vcs

{Rafael} TRANSCRIÇÃO DE AUDIO ("Antes que vocês me xinguem, sou eu mesmo. Eu posso explicar tudo, aconteceu um monte de coisas...")

{Pedro} N é possível

{Tiago} A gnt pensou que você tinha morrido, seu babaca!

{Pedro} Pse

{Pedro} Fala logo o que aconteceu, te declararam morto faz um ano, antes disso a policia toda tava atrás de vc

{Rafael} Ai mdss

{Leia} Mano, eu to chorando sro

{Rafael} Ta, aquele maluco que tava me observando era meu tio, ele me sequestrou e me trouxe p um monte no Tibete chamado Kailash p treinar uma arte marcial chamada Fukotá

{Rafael} Tem esse monge aqui, ele chama Oriodrec

{Rafael} Foi ele que tomou meu celular e jogou num rio

{Rafael} Masss ele comprou um novo hj de presente pq eu fiz 22 anos

{Rafael} Eu sei que não faz muito sentido, mas depois de um tempo eu até passei a gostar daqui, aprendi um monte de coisa sobre mim mesmo

{Tiago} Síndrome de Estocolmo que chama né?

Algo deixara Rafael instigado e preocupado. Julia ainda não havia falado nada, e ela estava visualizando tudo. "Será que ela está decepcionada? Irritada comigo?" pensou ele.

{Leia} Deixa de ser besta, Tiago!

{Leia} Eu aprovo super, amigo. Sentimos sua falta...

{Leia} E parabéns pelos 22 aninhos!!

{Pedro} É fella, parabéns de qlqr forma!

{Tiago}Parabéns irmão!

{Julia} Parabéns.

{Rafael} Bgd gnt

{Rafael} O Oriodrec vai tomar o celular amanhã, mas quando eu me formar ele disse que vai devolver

{Rafael} Só queria acalmar o coração de vcs

{Rafael} Banoite.

Rafael não ligara muito para os parabéns que recebera, sua mente estava em outra coisa naquele momento. Abriu o chat privado com Julia:

{Rafael} Ei... td bem?

{Julia} Tudo bem?

{Julia} Rafael, eu chorei a sua morte e você não disse um A pra gente!

{Julia} Cara, vc era meu mlhr amigo

{Julia} Não me deu uma satisfação sequer!

Para Julia, perder Rafael foi como ter sua fogueira apagada na floresta no meio de um rigoroso inverno (principalmente após o acidente). Ela teve acompanhamento psicológico por um ano e meio, não conseguindo passar na faculdade que queria de primeira. Em 2020, Julia se isolou de tudo e todos (incluindo a Crew) e focou completamente em seus estudos. Ela finalmente conseguiu uma vaga na UERS em medicina, se mudando para o Rio Grande do Sul em 2021 para iniciar o curso. Já havia cicatrizado da perda do amigo, até receber aquela mensagem que tornou tudo vívido novamente.

{Rafael} A culpa não foi minha, tá?

{Rafael} Para de jogar essas merdas nas minhas costas

{Rafael} Você não tem ideia do quanto eu sofri e senti saudades de vcs

{Rafael} Mas assim foi melhor pra todo mundo

{Rafael} E talvez um dia eu até volte p Salvador! Olha que legal

{Rafael} Não se esquece de mim!

{Julia} É... legal.

{Julia} Eu meio que to morando em RS agora, mas de vez em qd eu vou pra lá passar as férias.

{Jullia} Agora preciso de um tempo p digerir tudo isso.

Capítulo VI: Dois mestres em Kailash (2026)

30 de Outubro de 2026, 01:46 PM

—Sensei? — Entrava Rafael pela porta entreaberta.

—Rafael, te chamei aqui para conversar um pouco sobre você — disse Oriodrec apontando para a cadeira na sua frente.

—Pensei que tínhamos parado com essas sessões de psicólogo...

—Filho, acredito que esteja preparado para conseguir ser mestre do fukotá. Você evoluiu muito mais rápido do que eu imaginei, já está indo treinar sozinho e sua cerejeira já nos dá frutos para comer. O que você acha de fazer o teste?

—Claro que quero! Obrigado por tudo, sensei! Nem lembro como era minha vida antes disso tudo!

—Bem, Rafael. Queria chegar nesse ponto. Eu te dei um tempo sem mexer nesse assunto pois era recente, mas acho que chegou a hora de falar sobre sua mãe.

—O que exatamente? — Rafael fechava seu semblante.

—Quando tentamos esquecer algo que nos machucou sem antes superar isso, jogamos nossas mágoas para o subconsciente, que tenta escondê-las em grandes cicatrizes. Isso é extremamente tóxico, Tarbick. Essas cicatrizes mexem de forma sútil no nosso psicológico, até termos um gatilho para surtar.

—E...

—Eu sei que você carrega a culpa pela morte de Paula, Rafa. Sei que acha que se estivesse lá teria salvo ela.

—E não teria? Você nem sabe a história direito, deve ter sido o Hal que te contou — Rafael fala em um tom mais elevado e irritado.

—Pouco me importam detalhes. Se coloque no lugar do Rafael de 2018, aquele menino inocente e amável, devoto a todos que ama, menos a si mesmo.

Rafael começa a dar sinais de ansiedade, mordendo os lábios e arranhando as pernas.

—Eu posso ter meus 93 anos, mas nem eu sei prever o futuro ainda, garoto.

—Noventa e três, é? Sabia não — debocha, mas verdadeiramente surpreso de ter apanhado várias vezes no treino de alguém dessa idade.

—E da mesma forma você e sua versão do ano passado, não poderiam prever o que aconteceu antes de acontecer. Sei que amadureceu muito aqui, aprendeu a entender sua Ghali e a se dar mais atenção, mas existe uma coisa primordial que ainda precisa fazer.

—E o que seria essa coisa?

—Perdoar a si mesmo, recuperar a sua essência, superar verdadeiramente os acidentes em vez de apenas esquecê-los.

—Não vejo como isso seria justo, preciso ser punido. Por mais que hoje eu me esforce para ser bom, eu fui SIM responsável pela morte de minha mãe. Abandonei ela pra sair com meus amigos, que tipo de filho faria isso?

Rafael começa a chorar, se secando com as mangas de sua camisa. Oriodrec fala baixo, abraçando o aprendiz:

—Você se dedicou a sua mãe por tempo demais já está na hora de deixá-la ir. É o que ela gostaria que fizesse.

—Entendo.

—Feche seus olhos agora, se concentre na sua respiração por alguns segundos

Após Rafael obedecer, Oriodrec fez um procedimento para acalmá-lo e então continuou.

—Eu gostaria que você imaginasse Paula na sua frente nesse momento. Ouça o que ela tem a te dizer, algum conselho que você guardará para si, depois, mentalmente, diga o que quiser a ela e se despeça.

Todo o processo se passou rapidamente. Rafael foi descansar em seu quarto e Oriodrec o disse que de tarde explicaria o processo para virar mestre do fukotá a partir de um papiro escrito por seu avô.

Tudo se dividia em 4 passos. A seguir traduzidos do chinês tradicional e explicados como no papiro.

Passo I:

Visando o pleno conhecimento de suas novas raízes & testando sua força emocional, o graduando deverá preparar um prato culinário utilizando seu antigo galo despertador e elementos de sua árvore, e então comê-lo.

Passo II:

Superando suas dores, para adquirir a seu cajado o graduando deverá passar por um caminho de 20 metros de extensão composto por pedras flamejantes.

Passo III:

Compreendendo o máximo de si mesmo e testando seus limites físicos, o graduando deverá escalar a montanha Buka Daban Feng equipado, porém sozinho.

Passo IV:

Torna-se mestre no fukotá o graduando que conseguir derrotar o seu sensei.

Após ler calmamente todo o pergaminho, Oriodrec completou:

—Você tem apenas um mês para passar de tudo, partir de Novembro, e não pode começar antes. Recomendo que não demore nos passos um e dois porque você precisa de ao menos três semana para escalar o Buka Daban Feng. Estarei te esperando.

—Não quero matar o penoso... você gosta tanto dele... — Rafael olhava para o frango que o acompanhara nos últimos anos com um aperto no coração.

—Disse para não se apegar muito. É necessário força, ele já é um galo velho e foi criado com muito amor por nós até então.

—Tudo bem.

01 de Novembro de 2026

Rafael colhia cerejas para fazer o seu almoço (e completar a primeira missão do pergaminho), quando toma um susto que o faz deixar todas as frutas caírem:

—PÓÓÓÓH

Era o galo penoso, havia seguido o amigo até o lago, como se soubesse qual seria seu futuro destino.

—Sinto muito, Penoso. Não queria ter que fazer isso.

Rafael termina de colher as cerejas e sobe com o galo que seria abatido no colo. Matou Penoso sem muita cerimônia, visando não se abalar. Com um machete, cortou sua cabeça e depenou a ave, retirando parte de seu peito flácido para fazer a comida.

Em uma tigela, temperou com sal, suco de limão e pimenta, deixando marinar por 10 minutos. Refogou cebola na manteiga e cozinhou nessa panela os restos de (de)Penoso, adicionou as cerejas e levou ao forno para gratinar. Apesar da carne do frango já idoso não ser das melhores, Rafael ficou super orgulhoso porque, ao menos, era comestível. Oriodrec aprovou e disse que compraria depois um frango na cidade para ver se o resultado da receita viria a entrar para o cardápio do templo.

—Oriodrec! — disse Rafael. — Quero fazer ainda hoje o segundo passo, pra que eu descanse amanhã e siga em direção ao Buka Daban Feng.

—Ok, prepararei seu desafio. Me encontre na varanda 18:00.

20 metros não parecia muita coisa, até você encarar uma fogueira de pedras que não possui fogo algum, mas que, ao Rafael cuspir, a água de seu cuspe passou por calefação apenas de entrar em contato com o bendito caminho. Do outro lado, um prêmio que sem dúvida alguma valia os pés queimados. Fabricado a lotes pela família de Oriodrec para os graduandos. O monge fez a propaganda, visando inspirá-lo:

—Esse é um milenar cajado preto de carvalho negro, cravado com pedaços de aço em um dos lados, funcionando como um porrete, e com uma ponta afiada de diamante no outro, capaz de perfurar qualquer superfície. Além de ser mais um passo até você virar meu colega — Oriodrec sorriu passando confiança.

Rafael fechou os olhos, apertou a ampulheta de sua mãe com sua mão e seguiu sem pensar duas vezes. Rafael não aguentou de ansiedade e abriu os olhos, vendo que já havia passado metade do caminho.

A outra metade não houve distração, Rafael sentiu cada nervo da sola do seu pé morrendo e definhando enquanto dava seus passos em direção ao cajado, enquanto observava Oriodrec admirando-o, mas sem demonstrar nenhuma compaixão por sua dor, quase sádico. Então, após sofrer tanto, Rafael sequer sentiu os últimos 6 metros, chegando no cajado e olhando para seus pés com queimaduras de segundo gráu, como se tivessem passado por um incêndio, mas só na sola. Agarrou ferozmente o cajado e foi reverenciado pelo mestre, o deixando consideravelmente gratificado. O segundo desafio havia sido completo.

05 de novembro de 2026

Rafael descansara por quatro dias e enfim começou a arrumar as suas coisas para a penúltima etapa de sua jornada. Na mochila havia posto um saco de dormir, um tanque de oxigênio de 5 Litros, enlatados e acendedores para fazer uma fogueira.

Oriodrec havia entrado em contato com Hal, que conseguiu acesso à herança de Rafael, possibilitando o garoto financiar sua missão. Comprou equipamentos não muito baratos de escalada, caso precisasse subir um lugar íngrime demais (sabia o básico, pois viajara com sua mãe para escalar na Serra da Capivara em 2016). Comprou também um par de botas verde neon bem chamativas. Oriodrec havia instruído que deveria usar roupas chamativas caso se perdesse na neve ou sofresse algum acidente grave, facilitando encontrá-lo em meio ao caos.

Enfim, se despediu dos seus companheiros no Kailash e pegou um avião teco-teco com a tal Li-Yu Zhou para o Buka Daban Feng. Nervoso, Rafael perguntou para a piloto:

—Tem alguma dica pra mim lá? — gritou para que ouvisse.

—Não cheguei a fazer Fukotá com Oriodrec, mas trabalho para ele a muitos anos e conheço histórias de antigos desafiantes.

—Prossiga — insistiu.

—O nome Buka Daban Feng significa Pico do Bisão, tem algumas manadas deles ali em cima. Os bisões em si não são muito problema, é só manter distância. O problema de verdade é que, dizem as lendas, um gigantesco tigre de bengala nasceu albino no meio da floresta, o que prejudicou muito suas emboscadas para achar comida. — Rafael havia perdido o interesse quando ela disse a palavra "lendas", mas Li-Yu não percebeu pois desviava de uma montanha. — Assim, ele andou quilômetros faminto do sudeste do país até aqui, comendo tudo que tinha no caminho. O Buka tem neve onde ele pode se esconder e é lotado de bisões suculentos, por isso dizem que ele ficou por aqui.

—Obrigado... — respondeu Rafael enquanto conferia seu equipamento.

"Que mulher louca" pensou ele, "um tigre de bengala lá do outro lado do mundo ia conseguir chegar aqui? No mínimo ela não sabe o tamanho real da China, né?". O resto da viagem passou-se em silêncio, nenhuma palavra de nenhum dos dois, até chegar no destino, quando Zhou o entregou um pager que daria contato a Oriodrec caso algo grave acontecesse (isso faria ele perder a prova, salientou a piloto).

—Boa sorte, garoto! — disse Li-Yu enquanto subia aos céus. Rafael agora estava sozinho com suas botas antiquadas.

Rafael acenou com a mão, mas não queria mais perder tempo. Seguiu caminho ao pico mais alto do Buka Daban Feng. Só teria que subir 6,860 quilômetros, não sabia por que Oriodrec havia dito que demoraria tanto para fazer isso.

O maior desafio era o frio absurdo que fazia lá, chegando a 25 graus celcius negativos, o ar rarefeito e os trechos que ele necessitava escalar (pois a mochila com o tanque de oxigênio pesava quase 15 quilos). Chegou no lugar 6:00, e até as 20:00 já completava 3 quilômetros, quando decidiu parar para descansar.

Enquanto colhia galhos para sua fogueira, Rafael pensou como era estranho não ter visto nenhum bisão durante todo o percurso até então, considerando que Li-Yu tivesse mentido. Claro, não se surpreenderia, porque essa informação veio seguida de uma história mirabolante sobre um tigre maratonista "ForesTi-grump", riu. Após jantar salmão, Rafael largou a lata de lado para diminuir o peso da mochila, "na volta eu pego", pensou, e dormiu inalando o oxigênio.

No dia seguinte, percebeu que a montanha ficava cada vez mais íngrime e ele cada vez mais cansado. Parando com mais frequência, conseguiu avançar míseros 500 metros e repetiu o processo da primeira noite, deixando a latinha que jantou sempre para trás.

12 de novembro de 2026

No final da primeira semana, às 19:00, faltava apenas 720 metros, tinha mais 5 latinhas de salmão e só tinha mais 20% de seu tanque. Rafael sentou-se ao lado de sua fogueira e comeu duas latas. Sentia falta de ver pessoas e a falta de ar estava o fazendo ter alucinações. Decidiu esquentar um pouco suas mão e fazer um boneco de neve tosco, chamou-o de Francisco e começou a falar com ele.

—Acho que quando acabar isso tudo vou pedir pro Oriodrec me deixar trabalhar com ele no Kailash, quer dizer, ele foi tão bom comigo, não teria o que fazer em alguma cidade chinesa.

—"E sua cidade natal?" — O boneco se articulava como um personagem de desenho animado.

—Salvador? Não tem mais nada que eu queira em Salvador...

De repente a cabeça de Francisco se transforma na cabeça de Julia, mantendo o corpo de neve.

—"E Julia, você não ama mais a Julia?"

—Por que você ta falando dela? Águas passadas, a menina do correio la, a filha do senhor Mao Pyng, ela é gatinha, posso tentar alguma coisa com ela...

Rafael jogava gravetos na fogueira e virava o rosto para que Fransisco não reparasse em suas feições que revelavam uma indubitável angústia.

—"Mas você não ama essa moça só porque ela é bonita, e não entendo por que seu coração não disparou quando citei o nome de Julia se ela é águas passadas..."

—Você tá me enchendo o saco hein... Se continuar assim vou te usar amanhã pra apagar a fogueira. Boa noite, Francisco.

Rafael dormiu por 10 horas em vez das usuais 7, acordando 6:00. Quando acordou viu que só restava 7% de seu tanque de oxigênio. Em contra partida, se sentia revigorado com o excesso, decidindo aproveitar o gás gasto e dar o gás para terminar o percurso ainda naquele dia.

Às 15:38 do ensolarado dia 12 de novembro, Rafael chegava ao pico da montanha Buka Daban Feng e pegava lá, em uma caixinha enterrada cheia de fichas, uma ficha prata que provaria a Oriodrec o seu feito e daria direito Rafael de poder realizar o quarto passo: lutar contra seu sensei.

Rafael se sentia realizado. Fincou seu cajado na neve e passou um tempo admirando a vista. Nunca pensara que escalaria uma montanha daquela magnitude e sairia vivo. Escreveu o nome de sua mãe em uma pedra utilizando sua faca de caça. Cada inspiração que ele fazia, sentia aquele ar frio e rarefeito tomando conta de seus pulmões e agredindo-os.

Enquanto sentava no pico e pensava em sua trajetória, Rafael viu uma mancha vermelha a pouco mais de um quilometro de distancia: uma carcaça de um animal grande, um pouco coberta de neve. Em todo o seu percurso, o mais perto de um animal que havia encontrado tinha sido algumas aves, que passavam voando por estarem em época de reprodução. Mas, nem um grupo gigante de aves conseguiria derrubar aquele mamífero colossal, havia de ter sido outra coisa. Pensou que provavelmente era um bisão que se perdeu de sua manada e morreu de fome, mas não tinha como saber daquela distância.

Curioso, Rafael começou seu caminho de volta mais cedo do que pensava. Arrancou seu cajado do chão e foi em direção à carcaça verificar se achava alguma dica daquele mistério. "Com certeza ele não se matou com um revolver e um balão de gás hélio", pensou.

Quando chegou mais perto, a neve que estava em cima do bisão havia sumido, assim pensou que talvez sua visão embaçada tivesse materializado ela ali. Percebeu também que tinha uma pequena floresta de carvalho negro naquela área que não havia reparado quando subiu, com árvores tão altas que quase se equiparavam ao pico da montanha. Ao se aproximar mais, cada vez a camada de neve em que andava ia ficando mais espessa, chegando até à sua cintura, e o cadáver parecia cada vez mais vívido e pulsante, podia até jurar que viu o animal respirando.

Ao se aproximar do bisão, viu que o predador mal comeu sua carne, apenas parte do dorso do pobre moribundo que agora Rafael tinha certeza que ainda respirava (talvez não por muito tempo).

A expertise de Rafael falhava com ele, a falta de oxigênio não permitiu que ele notasse o maior erro que poderia ter cometido, mas ao ver aquele semi-cadáver, ao olhar em seus profundos olhos negros, Rafael foi elucidado.

Nesse momento, Rafael percebeu a auto sabotagem que tinha feito: deixando um rastro de peixe enlatado em seu caminho, provavelmente atraíra um urso negro, que fez presa naquele bisão e, se não fugisse dali rápido, faria dele também. Rafael viu um rastro na neve que levava a floresta, assim decidiu voltar pelo mesmo caminho e descer por sua trilha inicial. Andava lentamente para não fazer barulho, quando de repente ouviu um CRACK! Seguido de um RUGIDO ENSURDECEDOR e um empurrão que o derrubou e um GROSSEIRO ATAQUE DE GARRAS nas suas costas, o puxando para perto do predador.

Rafael virou de frente e se deparou com um tigre de bengala alvo mais que a própria neve, avançando para estraçalhar seu pescoço. Com uma reação rápida, pegou seu cajado e colocou-o na boca da fera, impedindo-a de matá-lo naquele momento. O tigre levantou a pata para o escalador para dilacerar sua aorta, Rafael rapidamente virou o cajado e golpeou-o com a ponta de aço, escapando da boca de seu ceifador rolando para a direita. A cabeça do tigre sangrava, mas Rafael sabia que não conseguiria fugir.

Assim, se levantou e tentou cravar a ponta de diamante de seu cajado nas costas do algoz, que desviou, apenas tendo um de seus olhos estourados e reagiu arranhando seu abdômen com suas garras e arrancando parte de sua mão esquerda com uma mordida, fazendo o escalador perder os dedos mindinho e anelar. Nesse momento, Rafael conseguiu entranhar seu cajado no pescoço do voraz tigre, que morreu na hora.

Era o tigre de bengala de qual Li-Yu havia o avisado, grandioso e bestial como um demônio sangrento que ele havia brutalmente assassinado em autodefesa. Nem acreditava nisso tudo. Ele tinha sido tolamente prepotente de ignorar tudo que o falava para voltar. Agora, Rafael sangrava muito por seu abdômen, seu casaco havia sido destruído e sentia que havia quebrado algumas costelas, sem contar que estava completamente sem ar. Ao abrir a sua mochila, descobriu que o ataque do tigre havia quebrado o medidor de pressão, assim ficando impossível saber quanto ar ainda lhe restava. O pager que Oriodrec tinha lhe dado tinha se perdido na neve, ele procurou desesperadamente, mas sem sucesso.

Tentou estancar sua ferida com a própria neve, mas estava sendo ineficiente. A dor era insuportável como nada que havia provado antes, apesar disso, não tinha outra opção e assim o-fez. Rafael pegou em sua mochila os acendedores que usaria em fogueiras para voltar o caminho e cauterizou suas longas feridas, inclusive a metade de mão esquerda que havia lhe restado, com um dente do tigre que guardou.

Outro problema que o jovem enfrentava era o frio escaldante sem seu casaco. Sentia que definharia ali, pois não era possível descer tudo sem que seu corpo sucumbisse ao frio, perdendo cada vez mais sua Ghali para o ambiente. Rafael começou a alucinar novamente, vendo Francisco na sua frente:

—"Então é assim que você vai morrer, depois de tudo que já fez? Depois de ter matado o devorador mais implacável da China?"

—Não tem jeito... e se eu já to te vendo, meu fim já deve estar próximo. Vai ser minha carcaça ao lado da dele.

Francisco começou a derreter, e por baixo da neve ele era carne viva.

—"A não ser que você seja um pouco mais criativo... use realmente tudo que sabe."

—P#@A MERDA!

Rafael pegou um canivete na mochila e começou a despelar o tigre. Era óbvio, havia aprendido taxidermia nas férias de 2017 quando estava sem nada para fazer, se conseguisse remover a pele do bichano, conseguiria sobreviver à descida.

Após longos minutos que se assemelhavam a horas, Rafael retira um pedaço de couro grande o suficiente para o cobrir. Come as últimas cinco latinhas de salmão, coloca a máscara de oxigênio, pega seu cajado, esvazia a mochila e a enche de carne de tigre. Coloca a ficha no bolso da calça.

23 de novembro de 2026

Se visse de um helicóptero a vários metros de distância, facilmente se confundiria Rafael com um verdadeiro tigre de bengala na base do Buka Daban Feng, mancando e urrando para se motivar. A confusão talvez não acontecesse se o helicóptero visse as ridículas botas verde neon, que refletiam o sol no rosto do garoto. Desceu centímetro por centímetro, comendo carne do tigre quando tinha fome, comendo neve quando tinha sede, se enrolando na carcaça sangrenta e podre de seu oponente quando precisava dormir.

Utilizou os rapéis que havia deixado nos trechos íngremes, a sua truculência causada por suas feridas e seus armengues fizera ele se cortar na perna direita com um gancho do rapel faltando 2 quilômetros, tendo que fazer todo o resto do caminho mancando . O oxigênio acabou no primeiro dia, assim, enquanto o ar era rarefeito, Rafael parava 10 minutos a cada 20 para descansar.

Assim, a capacidade de sobrevivência de Rafael o transformou em um animal selvagem e instintivo, parecia que quanto mais ele comia da carne de quem o fez daquele jeito, mais ele se tornava igual ao tigre tibetano. Quando terminou de descer todo o monte ainda teve que andar bastante pela província de Qinghai até achar um vilarejo, onde desmaiou e acordou em uma cama no dia seguinte, com suas roupas trocadas. Uma senhora de uns 80 anos o ofereceu uma xícara de chá, ele aceitou.

—Quando chegou aqui, todos ficaram com medo de você, filho. O que te fez assim tão mal? — dizia ela em um tom calmo, quase chapado.

—Eu estava escalando o Buka Daban Feng e fui atacador um tigre de bengala.

A senhora se sentou no colchão dando um grunhido de dor.

—Acredito em você, isso explica a pele que veio vestido e suas cicatrizes. Mas querido, não temos felinos desse porte aqui no noroeste, o que fazia ele por aqui?

—Uma amiga minha disse que ele veio atrás de comida, apesar de eu não ter acredito até que o próprio demônio me encarou no rosto.- a mulher fez uma cara feia e Rafael se desculpou por se referir à fera como demônio.- De qualquer forma obrigado pelas roupas e... espera — Rafael passa a mão em seu pescoço e não sente o colar da ampulheta de sua mãe —, cadê minhas coisas?

—Estão lá na garagem, querido.

Rafael encontrou sua mochila e jogou fora imediatamente pois não precisaria mais), a ficha que colocou de volta no bolso e a pele que botou nas costas para fazer um tapete depois. As botas nem chegou a tocar, a partir de agora andaria com os chinelos de pau que a senhora o dera, não gostava de chamar atenção.

—Desculpa, aqui tá faltando meu cajado e a ampulheta de minha mãe, sabe onde estão?

A mulher começou a recuar para a porta da garagem.

—Ah sim, são lindos. Meu filho tomou como recompensa por salvar sua vida. Pedi pra ele que não fizesse mais...

—Onde está ele?

—Melhor ir embora, sabe. Você já está ferido o suficiente.

—Onde ele está?! — Rafael gritou irritado.

—AHHHH! — A idosa fechou a porta e trancou Rafael na garagem. — VOCÊ É MUITO MAL AGRADECIDO! NÃO DEVERÍAMOS TER TE SALVADO!

—Isso não dá o direito de vocês me roubarem as coisas mais importantes do mundo pra mim!

Rafael escuta o barulho de uma moto estacionando na rua. Era o filho ladrão da senhora. Rafael arrombou o portão da garagem e olhou-o nos olhos.

—Essas coisas são minhas! — intimou. — Me devolva, por favor, são artefatos insubstituíveis!

—Não ligo, s'válogo embora, vou vender tudo pela internet.

—Por quanto?

—50.000 Renminbis o colar, 70.000 O cajado.

Renminbis era uma moeda local muito barata, mas valorizada pelos moradores das vilas e monastérios.

—Eu pago! Tenho esse dinheiro!

Ele riu sarcasticamente.

—Acho que de você posso cobrar mais, parecem importantes para você, certo?

—Como é que é?!

—Precinho especial pra ti, 500.000 Renminbis o colar e 700.000 o cajado.

Rafael cerrou seus punhos enraivecido, largou a pele no chão e gritou:

—É sua última chance, me dá minhas coisas!

—Vem pra cima capenguinha, vai ser um prazer te espancar.

O larápio se preparou para atacar com o cajado, Rafael avançou em sua direção correndo mais rápido que um guepardo, bloqueou o golpe de porrete, deixando o porco confuso e ainda mais puto.

—Eu vou te estraçalh...

Rafael deu um gancho de fukotá no queixo do agressor antes que acabasse a frase, que caiu na hora. Rapidamente, a mãe dele apareceu.

—Seu monstro!— chorava ela. — Pegue suas coisas e saia!

Rafael colocou seu colar, pegou o cajado e a pele, subiu na moto do imbecil com a chave que roubou quando pegava as coisas e, antes que a mulher percebesse, já estava na estrada de volta a caminho do Kailash.

26 de novembro de 2026

Após várias horas de estrada, Rafael poderia enfim dizer que completara o penúltimo passo para virar mestre. Quando chegou no alto do Kailesh Oriodrec nem acreditou.

—Rafael! Catapimbas! Achei que tivesse morrido!

Era a primeira vez que Oriodrec havia sido visto chorando. Enquanto brincava com Zuza, Rafael explicou tudo que aconteceu para seu sensei. "Nunca vi alguém tão perceverante, rapaz", afirmou, "se fosse alguns meses atrás teria morrido nos primeiros dias, mas olha você hoje! Um majestoso e sereno tigre albino.

Que orgulho! Trouxe sua ficha?". Rafael mostrou a ficha que tinha adquirido no topo da montanha e depois foi descansar e se recuperar de suas cicatrizes e ossículos fraturados.

30 de novembro de 2026

Depois de 4 dias em repouso, Rafael ainda sentia algumas dores no peitoral, porém, não tinha outra opção. Aquele era o último dia que poderia ter a luta com seu treinador Oriodrec, e tinha que sair em pé.

Era difícil para Rafael acordar pela manhã sem seu companheiro penoso, lembrar que havia sido o culpado por sua morte lhe dava um sentimento de culpa e ao mesmo tempo uma ambição maior de vencer Oriodrec, senão tudo teria sido em vão

Combinaram de fazer a luta no dioctógono do templo às 16:00. Um dioctógono é o espaço ideal para se realizar uma luta de fukotá, um octógono de dois andares, com o segundo andar tendo o meio vazado para mobilidade, com excessão de uma ponte que ligava uma borda à outra.

Quando chegou no local, Oriodrec já estava esperando dentro da zona de combate com suas ataduras colocadas.

—Gostaria que repetisse alguns juramentos comigo antes de nossa luta, Rafa.

—Tudo bem, prossiga.

—Como mestre do fukotá, não deixarei me exceder em sentimentos em detrimento da razão se a situação puder afetar qualquer outra pessoa!

—Como mestre do fukotá, não deixarei me exceder em sentimentos em detrimento da razão se a situação puder afetar qualquer outra pessoa!

—Juro solenemente, enquanto mestre do Fukotá, ajudar sempre os meus e me valorizar mais do que qualquer outro!

—Juro solenemente, enquanto mestre do Fukotá, ajudar sempre os meus e me valorizar mais do que qualquer outro!

—Meu cajado não foi feito para fazer de mim um assassino, e evitarei ao máximo usá-lo com esse intento!

—Meu cajado não foi feito para fazer de mim um assassino, e evitarei ao máximo usá-lo com esse intento!

—Muito bem.

—Muito bem!

—já acabou, Rafa...

—Eu sei, to descontraindo — Rafael ri de nervoso.

A regra é clara: o primeiro a cair indefeso, perde. Fizeram reverência um ao outro, Zuza tocou o gongo com um coice, a luta começava.

Se Rafael era um grandioso e mortal tigre de bengala, Oriodrec era astuto e ágil como um macaco chinês. Rafael corria atrás de seu sensei, atacando com golpes rápidos de mão aberta, Oriodrec desviava e dava golpes de perna, desestabilizando seu aprendiz. Oriodrec conseguiu derrubar Rafael com uma rasteira, e o espancou no chão por quase 10 segundos, quando o garoto puxou-o derrubou de costas atrás com uma variação do ippon, limpando seu rosto do sangue.

Eles se mantiveram dinâmicos e agressivos, mas sem acertar um único golpe certeiro capaz de desestabilizar o outro, até que Rafael teve uma ideia. Subiu no segundo andar do bioctógono e começou a correr pelas estreitas vias, golpeando levemente Oriodrec com seu cajado. Oriodrec ficou furioso com a provocação e subiu também no segundo andar.

Começou a correr na direção de Rafael de maneira extremamente habilidosa, acertando uma voadora em seu peito. O aprendiz ficou afetado, sentiu quebrar mais ossos pequenos em suas costelas e começou tossis sangue.

—Desista! — exclamou Oriodrec em provocação. — Desista e perderá tudo que lutou até agora para conseguir!

Majestoso como um tigre, Rafael corre para a ponte central do segundo andar dioctógono e provocou:

—Venha com tudo!

Rindo, o sábio senhor avançou mais uma vez em direção a Rafael, dando mais uma voadora a 10m/s de velocidade. Dessa vez, porém, Oriodrec errou a voadora. De forma gatuna, Rafael se pendurou na ponte fina como um trapezista de circo, dando uma volta 360° e atingindo o sensei no abdômen no momento em que ele passou. Oriodrec voou para a outra parede do dioctógono e ficou se doendo por alguns segundos, suficiente para Rafael chegar até ele e apontar o cajado, fazendo-o dizer:

—Estou indefeso e você venceu, parabéns, querido. Agora me dá um abraço e me leva para o hospital meu co-sensei.

Eles se abraçaram e Rafael chorou um pouco pensando em tudo que teve que passar nesse caminho. No hospital, Rafael perguntou:

—Sabe Oriodrec, estive pensando, não tem mais nada em Salvador que me interesse tanto assim, queria poder ficar aqui contigo cuidando do Kailash.

—Não tenho certeza se é isso que seus coração realmente deseja, ou se você está fugindo de algo que não teria coragem de enfrentar.

Rafael fez uma careta, como um mágico que é descoberto em um truque e tenta esconder isso na maior cara de pau.

—Você está preparado, filho. E agora que é formado, terá que tomar sua própria decisão: voltar para sua terra e resolver seus demônios ou ficar aqui comigo, te aceitarei muito bem em qualquer uma das duas opções.

—Vou pensar lá em casa.

Depois de chegar de volta no Kailash, Rafael achou por direito entrar na sala de Oriodrec para se sentir o verdadeiro sensei. Tudo corria bem, até que viu o caderninho no qual sempre via Oriodrec anotando, dizia ser o registro do crescimento de Rafael enquanto aprendiz ao longo do tempo. Oriodrec disse que fez uma carta resumo, como faz de todos seus alunos, sumarizando o desenvolvimento da Ghali dele de maneira geral. Curioso, Rafael procurou a carta por todas as gavetas. Depois de ter deixado o escritório uma verdadeira zona, finalmente achou e abriu a carta para ler.

Capítulo VII: Rafael Jacques Bittencourt (lecionado de 2019 a 2026)

O CAPÍTULO A SEGUIR FOI TRADUZIDO DO CHINÊS TRADICIONAL

"Rafael Jacques Bittencourt teve uma evolução considerável nos ensinamentos do Kailash. É um menino extremamente inteligente e atencioso, tem um potencial valiosíssimo e raro hodiernamente.

Assim como seus pais, não foi muito fácil convencê-lo a chegar até aqui. Sempre foi muito devoto a todos que o rodeavam, isso o deixava frágil a qualquer mínima traição o acaso lhe proporcionasse, entretanto, acredito que com o tempo tendo como única opção cuidar de si mesmo ele foi forçado a se valorizar. É um dos melhores alunos que já tive, mas acredito que há feridas que ele esconde e que serão irreparáveis enquanto ele não quiser cuidar disso sozinho.

Possino que não superou a morte de sua mãe, e o afastamento de Hal após o divórcio dos dois tornou-o completamente dependente dela. Depois disso, acredito que toda sua aventura no Buka Daban Feng o tornou em um bárbaro guerreiro do acaso, mas alienado às suas verdadeiras fraquezas. Você pode matar um animal de 300 quilos, mas se não pode matar seus próprios demônios, é mais frágil que um coelho.

Por fim, é gratificante saber que esse rapaz magnânimo e dedicado, por mais que cheio de problemas, tenha sido o meu último aluno. Pessoas como ele me dão esperança na humanidade. Sigo o destino que me é imposto. Depois de decênios de domínios e espoliação dos grupos econômicos e financeiros internacionais, percebo que é melhor abrir mão do espaço físico e enfim me elevar.

Espero que ex-alunos como Rafael, Hal e Preecha possam levar o legado do fukotá adiante, tenho certeza que meus ancestrais sorriem.

27 de Novembro de 2026"

Capítulo VIII: O segundo interlúdio (2026)

30 de novembro de 2026

Rafael corre para sua motocicleta escondida na cachoeira. A carta que lera tinha sido um soco na barriga, chegava a algumas conclusões relativamente óbvias, mas, ao mesmo tempo, quase inacreditáveis: Hal era seu pai? Por que o abandonara? E o mais importante de tudo, Oriodrec seria morto e o templo destruído pela Obecheck!? Tudo aquilo veio tão rápido que ele nem se importou com as críticas que Oriodrec fez a ele.

Quando Rafael ia descer o monte, teve que parar. Todos os budistas que compartilhavam o Kailash estavam mortos ou inconscientes, homens mascarados como ninjas jogavam seus corpos no lago enquanto riam e dançavam uma faixa estranha e assustadora de J-Pop.

Rapidamente, Rafael volta e busca seu cajado. Um homem sem máscara espalhava um liquido transparente ao redor do templo (que era todo de madeira). Rafael gritou:

—EI! CANALHA! VOCÊ ESTÁ MORTO SE NÃO PARAR AGORA!

O homem virou o rosto: era o japonês Kyuri Raytatsu, junto à sua legião de mineradores.

Rafael correu em sua direção rugindo e golpeou-o na perna com a ponta de aço, quebrando o joelho do inimigo. Antes que fizesse mais alguma coisa, Raytatsu levantou sua mão com um isqueiro.

—Muito cuidado nessa hora, moleque. Se me ferir, atearei fogo em toda essa merda que você chama de casa! Perderá tudo!

Rafael respirou fundo e se afastou do mineiro, não poderia correr o risco de que aquilo realmente fosse álcool.

—Larga esse cajado agora! — impôs ele.

Rafael abaixou sua arma desolado, sabia que essa a melhor (e a única) chance de salvar o templo Ghali.

Raytatsu virou de costas e começou a mancar em direção a um grupo de Budistas inconscientes.

—Ingênuo... — dizia ele, enquanto continuava a espalhar o liquido do galão. — Vou ganhar uma boa grana com o chefe por você.

Rafael percebe a emboscada e tenta fugir, sendo ferozmente golpeado com o próprio cajado na cabeça por um dos ninjas, ficando inconsciente.

Tudo estava escuro, Rafael acordara amarrado a uma cadeira, vendado e com a boca selada. Ao passar a mão na nuca, percebeu que sangrava um pouco. Sentia dores por todo seu corpo e ouvia conversas em japonês próximo a ele.

Em meio aquela confusão, Rafael só pensava o quão indefeso estava, como um coelho em um covil de raposas. Apesar disso, não tinha outra escolha. Pensava que se agisse rápido poderia salvar Oriodrec, que tinha seu paradeiro no hospital e bem longe do templo.

Assim, Rafael concentrou toda sua atenção em suas mãos. Estavam presas por algum tipo de fita que facilmente se partiu com sua força. A primeira coisa que fez foi tirar a venda. Estava em uma sala fechada cheia de objetos de tortura bizarros e assustadores, como açoites enferrujados e um garrote rudimentar. As conversas que ouvira era um programa de talk show na TV de plasma que estava na parede, mas subitamente o sinal caiu e o aparelho começou fazer um chiado extremamente alto e irritante.

Rafael viu isso como uma oportunidade de escapar sem ser ouvido. Mascarando-se com o barulho intenso da televisão, soltou-se da cadeira, depois arrancou estilhaços da madeira para fazer um coque e conseguir enxergar com precisão. Agarrou um porrete envolto em arame farpado caso fosse encontrado. A única porta da sala era um portão de aço como de um cofre, obviamente trancado. Olhando a sua volta, Rafael percebeu que havia uma pequena janela para a circulação de ar. Rafael quebrou ela e se esgueirou para passar, se cortando todo com os cacos.

A janela dava em uma espécie de santuário, com banquinhos, um púlpito e um carpete de veludo vermelho (provavelmente para evitar constantes lavagens por manchas de sangue). Depois de desviar de algumas baratas, Rafael chegou a uma porta que levava ao lado de fora. Estava às margens do lago Manasarovar, lar dos mineiros da Obecheck. Ao menos não estava errado em sua suposição, aquele realmente era o covil das raposas.

Ao olhar para o Kailash, Rafael viu o que era esperável, mas não se sentia capaz de acreditar. O topo da montanha estava em chamas, nem se via mais templo algum. Rafael sentiu vontade de gritar no momento que viu sua história virando cinzas, mas controlou com medo de ser visto.

Apesar das dores, o jovem mestre de fukotá não tinha muito tempo a perder: "Talvez consiga alcançar a minha moto dentro da cachoeira para encontrar o Oriodrec", pensou.

Seguia caminho desviando dos guardas, se sentindo despercebido, quando rapidamente foi agarrado pelas costas por um ninja. Com um impulso quase automático, Rafael se soltou com uma única paulada e derrubou-o, mas ao olhar para trás, viu que vinham mais dezenas. Empunhou o porrete e se preparou para derrubá-los, quando viu um deles levantar um rifle de assalto. Eles não eram ninjas, eram mercenários.

Rafael começou a correr o mais rápido que podia, mas era impossível correr mais rápido que eles e desviar das balas, frustrando a esperança do garoto ao ser derrubado no chão por um dos inimigos. Subitamente, quando estava prestes a ser ceifado, Rafael abre os olhos e percebe que os ninjas estão distraídos com outra coisa. Era Oriodrec! Com seu cajado, ele surrava os ninjas e desarmava suas mãos. Aliviado por seu sensei estar vivo e por ter salvo a sua vida, Rafael avança para cima dos capachos e os dois derrotam toda aquela multidão sozinhos. Ofegante, Oriodrec devolve o cajado a Rafael e fala:

—Não sei quanto tempo ainda temos, pedi para a LI-Yu nos buscar com um helicóptero na estrada, mas o Raytatsu vai voltar a qualquer momento. Vamos!

Correram rapidamente para o local e ficaram esperando a motorista, Oriodrec continuou:

—Você não está mais seguro, Rafael. Preciso que volte para Salvador.

—Oi? — Rafael, que estava concentrado e de vigia, parou para prestar atenção em Oriodrec.

—A gangue do Raytasu quer sua cabeça, o chefe deles que ordenou esse ataque.

Oriodrec, pela primeira vez, parecia extremamente preocupado. Ele suava em seu manto e andava em círculos. Rafael não achava isso estranho. Tinha convicção do tanto que o monge lutara por aquele monte, agora completamente carbonizado. Estava enganado.

—Rafael, eu não estive sendo verdadeiro com você desde que chegou do Buka Dana Feng, fui covarde pois tive medo dos resultados que isso traria. Mas agora não tem mais fuga, ao menos não para mim.

—Como assim?...

De repente, Oriodrec tonteou, sendo socorrido por Rafael e sentando em um tronco caído do lado deles.

—Enquanto você enfrentava o Tigre de Jade, um telegrama chegou aqui no monte vindo do Brasil, de uma tal de Julia.

Rafael sentiu uma mistura de raiva e tristeza, chateado com o monge ter escondido isso dele.

—O que ela disse?

—Ela pedia para que voltasse a Salvador, que a LCFT e a Reptilla se tornaram uma única organização chamada Eixo Balístico, ou apenas "EXBA".

—Sabia que isso ia acontecer... — Rafael constatou passando a mão na testa com remorso.

—A EXBA teria desenvolvido uma rede de milícias supremacistas junto com o Tatu, eles estão dominando tudo e passando por cima dos outros poderes, dando inclusive um fim à faculdade dela. Disse que faltava pouco para eles darem um golpe no Judiciário e transformar o Brasil numa ditadura, mas que tinha um plano e precisava de sua ajuda.

—E você pretendia esconder isso de mim até quando?!

—Eu sabia que assim que eu te falasse você iria querer correr para lá! Não poderia deixar você abandonar seu treinamento, ia te falar assim que acabássemos, mas aí fui parar no hospital... Ela disse que estaria te esperando na mesma praia de sempre, todas as noites das 19:00 às 21:00, que é quando tinham as reuniões dos rebeldes que ela juntou.

—Quanta coisa... inacreditável, viu?! E esses ninjas aqui do nada? Como você sabia?

—Eles não vieram para destruir o templo... Rafael, eles queriam algo de você, te fazer sofrer e depois falar.

Lagrimas caiam do rosto de Rafael, secando em sua barba.

—Por que você escondeu tudo isso de mim? Eu não iria te abandonar, seu merda! A gente poderia ter salvo isso tudo juntos! Poderíamos ter armado armadilhas e... depois a gente terminava o treinamento! Que se dane o Brasil!

—As coisas aconteceram como deveriam acontecer, e eu posso apenas me desculpar por não ter sido verdadeiro contigo. Seu país precisa de você, filho. Não vá por uma bandeira, até porque você é cidadão do mundo, e não de uma área determinada por poderosos a tempos atrás. Vá pelas pessoas que moram lá, você é inteligente, eu conflo muito em você, garoto.

—E o que será do senhor aqui no Tibete?

—Eu me viro, sempre me virei. Terei que dar um fim à Obecheck depois do que fizeram, isso eu garanto!

Então, enquanto Rafael considerava fazer o que Oriodrec havia pedido, eles ouvem o som da liberdade ressoar em seus ouvidos:

TUMTUMTUM 🚁 TUMTUMTUM

O vento do helicóptero desfazia completamente o coque improvisado de Rafael, que sorria e tinha suas bochechas impulsionadas para trás.

—Entrem! — imperou Li-Yu.

Emocionado, Rafael entra no helicóptero e vorazmente aperta seu cinto de segurança. O pássaro de ferro começa a subir. Rafael nunca tinha andado de helicóptero antes, olhou pela sua janela e viu toda a estrutura das montanhas tibetanas, pensando que, posteriormente, ele poderia construir um templo novo ali "Depois de tentar ajudar o Brasil", pensou. Todavia, ao olhar para o outro lado, onde deveria estar Oriodrec, Rafael teve uma surpresa: Ele não havia subido no helicóptero.

—LI-YU! O ORIODREC FICOU!

—É... eu sei... — disse a piloto com um tom melancólico, mas sem querer explicar muito mais coisa.

—Temos que voltar para pegá-lo! — disse Rafael, tentando elucidar a mulher que ele achava estar em delírio.

—Foi escolha dele ficar! Oriodrec já decidiu isso antes mesmo de você subir essa montanha! Só relaxa, tá bem garoto? E dorme aí que a viagem é longa.

O papo acabava ali, não por obediência de Rafael, mas porque depois de saber que perderia o seu tutor e único amigo depois de tantos anos, ele desmaiou antes mesmo de ouvir Li-Yu ordenar que relaxasse.

Rafael foi acordado na cidade de Weihai, situada no leste sino e fronteiriça ao mar amarelo, por onde Li-Yu o instruiria a pegar um cargueiro específico que iria ao Brasil. Rafael olhou em volta procurando Hal, pensava que ele poderia dar as respostas que lhe faltavam.

—E o Hal? Não vai me acompanhar na volta não? — Rafael pergunta ao perceber que ele não estava ali.

—Não. Você vai sozinho, Hal está longe resolvendo uns problemas do trabalho dele.

—Ele trabalha com o que?

—Eu não sei não, não somos tão próximos — disse Li-Yu enquanto empurrava Rafael para dentro do barco e se despedia dele pela última vez.

Antes de embarcar, Rafael comprou algumas laranjas na feirinha que estava tendo perto do porto. Havia ouvido falar no colégio que os navegantes que ficavam sem vitamina C durante as viagens costumavam adquirir escorbuto (também conhecido como o "Mal dos Marinheiros").

03 de dezembro de 2026

Nunca tinha parado para pensar o quanto uma viagem de um hemisfério ao outro demoraria tanto dentro de um navio de milhares de toneladas, talvez porque da primeira vez passou boa parte da viagem chapado de GHB. Foram longos dias, dentro dali, quando suas laranjas acabaram, Rafael começou a invadir o que era a cozinha do barco à noite para se manter vivo, tendo uma dieta de charque, bananas e peixes variados.

Quando ia dormir, dentro de contêineres cheios de peças manufaturadas, Rafael pensava em como seria reencontrar seu grupejo, mas mais ainda em como seria reencontrar Julia, dar um abraço, poder pedir desculpas propriamente por todos os erros que cometera. Seu retorno iria uma redenção libertadora.

12 de Dezembro de 2026

Quanto mais se aproximava do litoral brasileiro, mais Rafael pensava nessa rebelião extraordinária que iria participar, todas as pessoas que estariam envolvidas, a importância que teria na revolução.

Rafael também lembrou dos pais de Pedro que são donos da LCFT e provavelmente estariam envolvidos nessa confusão, "sempre achei eles meio estranhos, minha mãe deve ter descoberto alguma coisa bizarra e por isso ela falava que a LCFT era criminosa e fazia coisas absurdas, preciso achar aquele documento", concluiu antes de sua última noite de sono na embarcação.

FOOOOOOOOOOOON

Era a buzina do navio avisando que o prático havia concluído seu trabalho com sucesso e o gigante estava estacionado. Sem pensar duas vezes, Rafael levanta e esgueirou-se furtivamente para sair de lá e descer no Porto de Salvador.

Capítulo IX: Rebeldes e Lagartos (2026)

Rafael pulou de gaiato nas docas de concreto, não sabia que se animaria tanto em poder voltar a Salvador, terra de pessoas acaloradas e resilientes, praias aconchegantes e simplistas. Rafael sentira saudades de dar bom dia nas ruas e as pessoas responderem, da sua vizinhança que todos o conheciam, da sua cultura e tudo aquilo que ele considerava normal, mas em essência era destaque da capital.

Para sua não felizarda surpresa, ao adentrar na cidade rumo a um hotel no Porto da Barra, ele não encontrou nada disso que esperava. Rafael percebeu um ar seco e agressivo, as pessoas que encontrava na rua pareciam sempre desconfiadas e preocupadas com alguma coisa (antes as pessoas andavam atentas devido à criminalidade, mas nunca com tanto pavor). Percebendo a ação dos moradores, Rafael tirou suas feições de turista bobo e passou a ficar mais atento. Entrou na estação de metrô e observou no mapa que havia uma parada na Barra. Com os dois reais que mantivera em seu bolso desde a vez que saíra (ou melhor, foi retirado) de Salvador, Rafael comprou uma passagem e seguiu destino ao seu bairro favorito da metrópole.

A Barra sempre recebeu uma maresia que reconfortava e refrescava quem passava pela região, mas não mais. Por toda a orla, foram construídos prédios de mais de 16 andares, todos com o mesmo nome criativo estampado nas portarias, "Residências", seguido de uma logo verde e roxa da EXBA. Os prédios faziam um barlavento artificial que bloqueava os ventos no interior da Barra. Fazia calor. Muito calor.

Rafael entrou no primeiro hotel que encontrou, chamava-se "Patriotel". Ainda havia sobrado muito dinheiro de sua herança, ele poderia pagar meses lá com seu cartão se precisasse. A recepção do hotel era muito bonita, variando em tons de verde, azul e amarelo, com paredes altas e cancelas luxuosas. Rafael então tomou coragem e foi perguntar se haviam quartos disponíveis ao recepcionista (única pessoa além dele na sala).

—Oi, e ai amigão... queria alugar queria alugar um quarto. — Rafael tentou fazer um contato amigável, mas sem muita confiança na resposta.

—Huh... isso é meio óbvio né? — respondeu o recepcionista, em um tom meio estático.

—Sim, claro... qualquer um ai.

—Quantos dias?

—Bota uma semana.

—São 2300 Esquadros, senhor.

—Como? — Rafael aproximou a cabeça para ter certeza de que ouvira direito.

—2300 Esquadros.

—Não sabia da moeda nova, converte pra reais?

—Desculpe, senhor. Os reais foram abolidos em 2024. — O recepcionista olhava para Rafael como se fosse um alienígena agora, como se fosse um absurdo ele não saber algo tão básico e antigo.

—Tudo bem, eu pago no cartão... — disse Rafael franzindo a testa surpreso com a noticia, logo então dando o cartão na mão do recepcionista- é crédito.

—Senhor, não aceitamos cartão dessa marca.

—Como assim? É internacional, o mundo inteiro aceita.

—Necas, o Governo Federal bloqueou o pagamento com qualquer cartão de empresa chinesa. Se não tiver outra forma de pagamento, não vai poder se hospedar aqui nem em lugar algum.

Rafael olhava para o cartão incrédulo e, para sua surpresa, o recepcionista estava certo: Nem uma água ele compraria com aquele cartão agora.

—O que eu faço então?

—Dorme na rua, não é da minha conta. Boa sorte.

Rafael olhou para o relógio na parede do hotel e viu que já eram 18:30. Não tinha outra opção, não iria mais se estressar com aquele recepcionista mal-educado: decidiu que pediria para Julia um lugar onde pudesse dormir, mesmo que fosse em sua garagem, qualquer lugar serviria.

Recém falido, Rafael foi para a praia do Farol de Santa Cruz a pé. Onde ficava seu colégio, uma gigantesca fortaleza havia sido construída. Ela era feita de tijolos de pedra e sua aparência lembrava a de um castelo medieval (apesar dos tecnológicos canhões de mísseis e torretas giratórias, espalhados por toda a extensão da muralha). A construção tinha um caráter militar indubitável, todavia, não haviam homens de farda circulando por ali em batalhões: Rafael poderia jurar que apenas viu galalaus tão brancos que eram quase mórbidos, utilizando refinados ternos pretos.

Rafael não aguentava mais a sensação de que aquela não era sua cidade. Salvador se assemelhava a Gotham City em suas versões mais sombrias, as pessoas eram indiferentes e claramente dominadas por algum coringa. Ao chegar na praia às 18:55 o Mestre do Kailash já estava a beira de um colapso mental, ao aguardo de Julia e os revolucionários que ao menos elucidariam sua cabeça.

19:04, a praia já estava vazia pois havia escurecido, mas nem sinal de Julia ou seus amigos. De repente, Rafael vê um homem encasacado descendo as escadarias de madeira que uniam a orla à praia. Quem vai para a praia de casaco? Rafael logo percebeu que deveria ser um deles. Se aproximou do rapaz:

—Conhece Julia Medrado? — perguntou supondo que ele fosse entender a indireta.

—Venha comigo.

"Funcionou mesmo!", pensou entusiasmado enquanto seguia despretensiosamente o desconhecido.

Largado no chão, fazendo companhia aos ratos e lixeiras. Seu nariz sangrava muito e sua cabeça doía. Rafael havia sido enganado por um marginal aleatório. Levado a um beco escuro. Emboscado por outros dois com canos de PVC. Espancado até desmaiar e roubado até o último centavo que tinha, sobrando-lhe apenas a roupa do corpo.

Na extremidade do beco, iluminada por um poste velho, apareceu um homem de estatura média utilizando um capuz. Ele se aproxima de Rafael, que já não tem mais força alguma para reagir. Contudo, quando o encapuzado se agachou para falar com ele, Rafael tirou forças de onde nem sabia que poderia. Levantou enfurecido e com a mente mais entorpecida que nunca, até mesmo assustando o rapaz, que chegou para trás e ouviu uma pergunta previsível:

—Pedro?!

—Calma, eu posso explicar!

Pedro estava pouco reconhecível, tinha raspado o cabelo e a barba na zero, completamente limpo. Fedia como um pug meses sem tomar banho, mas sua arcada dentária se mantinha impecável.

Rafael se aproxima abruptamente de seu ex companheiro que fecha os olhos e apenas se prepara para o impacto, de repente, sendo envolvido pelos braços do tibetano seguido de um choro contido:

—Eu senti tanto sua falta! Tá tudo dando errado! —
inferiu em desespero. — Não me fala que você tá envolvido com essa patuscada da EXBA!

—Ei ei ei, calma lá, amigo — disse Pedro, dando dois
tapinhas nas costas de Rafael e então afastando-o. —
Eu to aqui justamente pra resolver isso, tá bom?!

—Então você é da resistência? Julia te mandou
aqui?

—Bem... não exatamente. — Pedro expressava um
desprezo embutido. — A Julia não quer me deixar entrar pra Aliança porque ela acha que eu tô com meus
pais.

—E ela não tem motivos pra acreditar nisso?

Pedro cruzou os braços e fez uma pose debochada.

—Claro que não! Ela é lelé! Eu fugi de casa quando
eles começaram a fazer os mutantes, não sou imbecil.
Isso vai acabar causando uma guerra gi-gigante. Pessoas inocentes vão morre-r!

Pedro começa a soluçar e lacrimejar, sendo acolhido
por um simples "Tá tudo bem, confio em você", seguido
de mais perguntas:

—Mutantes?!

—Essas coisas que a EXBA tá fazendo, eu tenho muita informação de lá de dentro, Rafael. Com sua ajuda e
da Aliança eu consigo derrubar esses merdas! Mas a
Julia nem me deixa argumentar!

—Relaxa, eu falo com ela, vamos voltar lá pra praia. Ela me chamou aqui, falo que só entro no plano se você for junto.

—Seguinte... sobre isso ai... fui eu que mandei a carta, desculpa ter chegado atrasado, poderia ter impedido esse espancamento.

Rafael teve uma reação rápida de surpresa, seguida de uma raiva exponencial, mas antes que ele abrisse a boca, Pedro continuou:

—Pera pera pera, calma! Eu posso explicar! Olha Rafael, eu precisava que você viesse tá? Meus planos não dariam certo sem você, só você pode convencer Julia a me deixar entra na Aliança, só você pode conseguir as informações que preciso. Eu sabia da sua parada com ela da praia e usei porque precisava ter CERTEZA de que você não ia ignorar. Desculpa, mas são as leis do apocalipse!

Rafael subiu as mãos pelos cabelos e bufou uma expiração intensa.

—Cacete, velho! Que merda, Pedro!

Passaram um tempo em silêncio naquele beco, ouvindo a respiração um do outro, até Rafael falar novamente:

—Você pelo menos sabe onde fica essa reunião da Aliança?

—Sei, já tentei ir pra lá algumas vezes.

—Tá, me leva lá e a gente tenta convencer eles do seu plano. Mas no caminho eu quero saber tudo que tá acontecendo! O que virou esse país...

—Combinado.

Seguiram para o carro de Pedro, um Tesla verde fluorescente muito chamativo, e muito a cara de Pedro. Enquanto seguiam caminho, o motorista explicou:

—Teve um tempo que o Tatu tava toda semana lá em casa, ele jantava com a gente como se fosse da família, degustava vinho com meus pais e tudo. Eu nunca apoiei, claro, mas eles diziam que eu era moleque pra entender das coisas ainda, cagavam completamente pra minha opinião.

—E você aceitava calado? — Rafael perguntou indignado.

—Não tinha outra opção, eles me sustentam. Sustentavam! Perdão. Ano passado eu visitei os laboratórios da LCFT e vi uma criança batendo a cabeça na parede, ela batia com muita força, mas nem se quer sangrava. Eu corri pra tentar fazer ela parar, mas na mesma hora uma mulher de jaleco me empurrou pro lado e pegou a criança no colo. Ela chorava muito, mas não era um choro normal, era um grunhido bizarro e estridente. Mais ou menos assim ó "IAINXAIIIIAAAAH"

—PARA!! JÁ ENTENDI — interrompeu Rafael.

—Enfim, eu segui a mulher até o laboratório pra ver o que descobriria. Assustador... OH IRMÃO SEGUE O FLUXO AI! — Pedro gritou para um motorista que desacelerava seu carro para observar um cadáver atropelado na pista.

—O que você viu, Pedro?!

—Capsulas de dois metros de altura com seres humanos encubados, desde fetos a adultos. Bem, não exatamente seres humanos. Comecei a gritar e xingar a médica exigindo que ela me falasse o que tava acontecendo ali, o que obviamente ela não fez. Uns seguranças me enxotaram pra fora da empresa e eu fui na minha casa. Disse para os meus pais que, ou eles me falavam o que tava acontecendo, ou eu saia e nunca mais voltava.

—E deu no que? — Rafael comia uma lata de pêssegos que encontrara no chão do carro.

—Eles e o Tatu já tinham feito esse trato desde 2018: a produção de super-soldados do zero. Disseram que sua mãe havia descoberto um novo tipo de células tronco, obtido nas primeiras mitoses do zigoto, mas rapidamente passa por mutações e se perdendo. Elas são capazes de replicar qualquer tecido da espécie e alterá-lo de acordo com seu desejo. Eles demitiram sua mãe no mesmo dia e ela ficou devastada, bebeu muito no bar do lado e... Foi por isso que ela bateu o carro...

—Desgraçados! — Rafael voltou a ter uma crise de choro, se engasgando com o pêssego.

—Eu sei... Desculpa. Depois de tudo isso eu dei dedo pros dois, peguei a chave do meu carro e fui embora com um cartão deles ilimitado pra comprar um estoque graúdo de mantimentos e roupas. To vivendo aqui desde então, tomo banho de mar, escovo os dentes e me depilo em pias de restaurantes e como comida enlatada. O estoque tá todo na mala, mas acaba daqui a no máximo 3 meses. Isso precisa acabar agora.

—E esses mutantes? Que merda é essa?

—Eles terminaram a construção daquele condomínio na Barra três semanas atrás, encheu de pessoas quase idênticas, homens altos e arianos com cabelo penteado e barba feita. TODOS ELES. Eu suponho que sejam os super-soldados, o povo da Aliança tá chamando eles de tropas de expedição, estão em todos os lugares, tomando o controle de forma psicológica. E o mais assustador é que tem várias bases militares por aí, aqui em Salvador eles trabalham numa fortaleza que fica onde era a nossa escola, seja lá que merda eles estejam planejando, é óbvio que não é nada de bom.

—E como cresceram tão rápido? Esse projeto não era de 2018?

—Essas células onipotentes são viradas no 600, filho. Se eles quisessem misturar o DNA humano com o de um crocodilo e fazer esse bicho ficar adulto em algumas semanas, eles conseguem! Os caras podem literalmente criar repitilianos na nossa cara! E nenhum país do mundo sabe disso ainda. Tem relatos em outras cidades com esses condomínios que eles tem aquele olho estranhinho de réptil, sabe? Com quatro pálpebras?

—Danosse... E como que ninguém fez nada ainda? Isso parece um filme de terror...

—Medo. O Tatu logo no final do primeiro ano de mandato teve suspeitas BEM convincentes de matar o líder do partido da oposição com suas redes de milícia, um liberal chamado Gilberto Tarro.

—Claro que ele negou, né?

Pedro concordou com a cabeça.

—Depois disso mais e mais pessoas foram sumindo, não só os políticos, mas qualquer pessoa que criticasse o governo. Ele criou a "Secretaria da Verdade" onde seus apoiadores denunciam essas pessoas, mas já tava muito claro pra todo mundo que aquilo já tinha perdido o controle. Aí criaram a Aliança.

Poucos minutos após o fim da conversa, Pedro parava o carro no estacionamento do Shopping da Bahia e levava Rafael para onde seria a reunião. Dentro da rua Alceu Amoroso Lima, um mendigo travestido de uma regata laranja rasgada e short de moletom dormia em uma cama de papelão, na frente de um prédio comunitário. Seu nome era Tair, e não fazia ideia do sobrenome. As pessoas que passavam por Tair geralmente trocavam de calçada, não por medo dele, mas porque seu cão companheiro latia para quem passasse perto, acordando-o.

Diferentemente da maioria, Rafael e Pedro não atravessariam a rua aquele dia, passariam pelo cachorro que despertaria o mendigo apenas para ouvir de Pedro:

—Preciso entrar Tair, dá licença, por favor — Pedro falava com a cabeça baixa, como se não quisesse ser visto.

—Eles falaram que não era pra deixar o sinhô entrar! Rela o pé daqui.

—Eu trouxe um amigo, chama a Julia.

Tair olhou para seu cachorro com um olhar de "presta atenção neles" e então entrou no prédio. Pouco tempo depois, ele voltava com uma jovem de 1,69m com um rosto nem um pouco contente: Era Julia.

—Entrem — ordenou ela com uma voz séria, enquanto abria a porta e se afastava para que eles passassem.

—Valeu, Tair — agradeceu Rafael.

O interior do prédio diferia de residenciais comuns. Não havia um térreo com áreas de convivência, apenas um lounge de concreto que levava ao elevador (não necessitava de porteiro, visto que Tair já realizava esse trabalho em troca de sustento).

Dentro do elevador, as coisas ficaram estranhas. Julia apertou o botão para chegar ao 3º e último andar, onde Rafael supôs que ocorria a reunião. Nesse curto intervalo de tempo entre um andar e outro, Rafael e Julia se encaravam e desviavam olhares quando o outro percebia, sem trocaram única palavra. No exato momento em que a porta do elevador começou a se abrir, e o corredor de madeira envernizada apareceu, Julia começou a falar:

—O que que você tá fazendo aqui, Rafael? E ainda trazendo essa cria de satanás com você! — disse enquanto guiava os dois.

—Pedro mandou um telegrama lá para o Kailash me pedindo ajuda e falando de todas as merdas que estavam acontecendo aqui, como ele parecia um galináceo no final de "Fuga das Galinhas 4" de tão desesperado, aceitei e vim correndo.

Pedro olhou para Rafael e sorriu. Por que omitira de Julia o fato de que Pedro havia fingido ser ela para convocá-lo? Para evitar mais brigas, é óbvio. Precisava que ela confiasse em Pedro, só assim poderiam por seu plano em prática.

—O que o porco imundo aí não te disse é que os próprios pais dele são a cabeça do Tatu, eles que tão fazendo as tropas de expedição e matando civis. Como garantir que Pedro não quer só te manipular como todos daquela corja?

—Eu sei que não, porque ele odeia os pais tanto quanto você.

—Eu até fugi de casa! Tô quase raquítico de fome, porra! — Pedro gritou em complemento.

Julia inspirou fundo e se forçou a afirmar:

—Vou te dar a chance de contar seu plano lá, se a maioria concordar, vocês tão dentro.

Julia assobiou uma cantiga epopeica, cessando todo barulho de conversa na sala. Rapidamente, um rapaz baixinho, quase da altura de Julia abre a porta e olha feio para Pedro, Julia acena com a cabeça e então os três entram. O apartamento inteiro era apenas uma sala de uns 200m², como se tivessem derrubado todas as suas paredes. As pessoas estavam em uma roda comunitária, algumas estavam chorosas e outras irritadas, mas, quando Pedro entrou, todos olharam para ele.

—Não se precipitem — pediu Julia. — Eu disse para Pedro que deixaria ele contar seu plano, daí a gente vota e decide se acata ele ou não.

Repentinamente, Penelope Rael, uma transexual que chorava o sumiço e possível morte do namorado, levantou-se. Pedro Rocha havia sido denunciado à Secretaria da Verdade, não porque foi descoberto como revoltoso, mas por ter um vizinho radical que descobrira sua relação com Penelope. Soluçando, Penelope grita:

—Você não pode deixar esse demônio sequer entrar aqui! É culpa da família dele que o Pedro morreu, tem mais é que ir embora antes que eu jogue pela janela!

—Deixe me explicar a nossa situação pra vocês: A OTAN, com apoio do Conselho de Segurança da ONU, repudiou o Tatu e ameaçou aplicar embargos militares e econômicos. Depois disso ele simplesmente TACOU O FODA-SE! — Julia gritou tão alto que ecoou por toda a sala, depois disso todos passaram a prestar atenção. — Tatu acionou as forças da EXBA, invadiu e desmantelou o Congresso Nacional. Ele literalmente olhou para a cara da comunidade internacional e gritou os seus planos, juntou os poderes Legislativo e Executivo nas próprias mãos. Ele tá dominando tudo, nossa ação tem que começar AGORA, temos que acabar tudo em menos de 48 horas se quisermos ter alguma chance de impedir uma guerra. Agora, a última vez que eu vim aqui, a gente não tinha nem metade da ideia de como fazer isso.

—E então vamos aceitar o plano dele?

—Sinceramente, se o Pedro quisesse nos denunciar para a Secretaria ele já teria feito! Ele já sabe onde a gente se reúne sei lá a quanto tempo.

—Dois meses e meio — Pedro sussurra e recebe um olhar assustador e Julia, calando-se.

—Além disso, ele conhece o que acontece lá dentro, não vejo problema da gente ouvir o que ele tem a dizer, na verdade, acho que nem opção a gente tem.

Julia fica calada por uns instantes para ver se alguém tinha algo a dizer, sem reações, ela ordenou:

—Visto isso... Começa a falar aí, Pedro.

—Bem... — Pedro usa desse recurso para pensar em seu discurso, que não tinha sequer preparado em todo esse tempo.- Então, é o seguinte, em 2018 tinha uma mulher que liderava as pesquisas genéticas da antiga LCFT. — Pedro olha para Rafael, que está o encarando de uma forma séria para ver até onde ele quer chegar.- Paula era contra...

—Paula a mãe de Pedro?! — perguntou Julia, estupefata.

—Isso mesmo, ela o projeto dos super soldados e sabotava sempre que podia para adiar sua conclusão. Quando meus pais descobriram isso, demitiram ela sem pensar duas vezes; mas tem uma coisa que eu sei e nunca contei para eles: Teve um dia que a Paula foi trabalhar no reator da LCFT, é a máquina que faz toda a montagem genética e basicamente dá vida aos clones. Quando entrava gente na sala ela gritava para que saíssem, que precisava trabalhar sozinha, depois voltava a mexer no reator, até que no final do dia ela imprimiu uma papelada e foi ao banheiro. Fiquei curioso e tava sem nada pra fazer, daí fui la de fininho dar uma olhada. Eram sequências gigantes de códigos estranhos e um código de barras grandão também. No final da última folha tinha escrito "Salutis Spe", do latim "A esperança de salvação".

—Pedro, onde voce quer chegar com isso?! — perguntou Tiago do fundo da sala.

—TIAGO?? — impressionou-se Rafael. — Você tá aqui??? Tã mã de shénme!

—Como é que é, rapaz?

—Por que você não veio falar comigo? Quanto tempo!

Tiago e Rafael se abraçam.

—Leia também tá aqui? — perguntou Rafael.

—A Leia não veio hoje não — disse rispidamente. — Continua ai, Pedro.

—Eu vi ela levando esses papéis pra casa, acredito que sejam instruções de como destruir o reator ou algo do tipo, a gente conseguiria dar fim a essa produção infinita de soldados. Se Rafael pudesse ir até a casa antiga dele e descobrir onde ela guardou esses papéis, a gente já tá meio caminho andado.

Um dos aliados se manifestou:

—Sim, mas isso não derrubaria o Tatu, ele já tem um exército gigante, iria matar todo nós assim que fizéssemos isso.

—Ai é que entra a UrsaMajor.

—Não acredito... — espantou-se Rafael, enquanto acenava com a cabeça.

—Preciso e no banheiro rapidão — correu Julia ansiosa.

—Você sabe quem é, é?

—Já bati um papo com ela naquele projeto do Telmário no terceiro ano, só nunca te contei porque envolvia seus pais, né...

—Ah, sim. Claro — respondeu Pedro de forma mórbida. — Enfim, a UrsaMajor é uma agência de forças especiais russa que tá doidinha pra derrubar o Tatu em troca de alguns favores. O que a líder deles pede é escolher o próximo presidente e 975.029 bitcoins, que dá uns 10 bilhões de dólares.

—Purran! — gritou uma aliada na multidão.

—Calma, nós temos esse dinheiro. O problema maior é eles quererem o presidente, isso pode dar uma merda muito grande, a Russia tem um histórico neoimperialista incontestável. Por isso a gente tem que negociar com ela, e fazer desistir dessa parada, aceitar apenas o dinheiro. Aí fazemos assim: com os códigos que Rafael vai conseguir, invadimos os laboratórios da EXBA e destruímos o reator. Depois disso o Tatu vai entrar em crise e se desesperar, nesse momento, o exército da UrsaMajor invade o palácio e rende meus pais e aquele aspirante a ditador, os expedes ficam sem mestre e param de matar a galera. Fim. Gostaram?

Por quase unanimidade, o projeto de Pedro passou. Não tinham nem muito tempo nem muita opção, teriam que agir rápido, mais especificamente, no dia seguinte.

Capítulo X: Acendendo o Pavio

(2026)

Sentimentos de angústia e impotência rondavam Rafael enquanto o mestre do Kailash seguia em direção à sua antiga residência. Paula havia deixado a casa nº75 do condomínio Mata dos Cocais no nome dele em seu testamento de herança, então não havia sido comprada ou habitada por ninguém nesse longo período (relatos da vizinhança diziam que alguns moleques da região invadiam-na para beber, mas foram descobertos por seus pais, punidos severamente e o caso foi acobertado).

Com uma chave enferrujada que quase quebra dentro da fechadura, Rafael pode em fim retornar à sua sina. Parecia que não sobrara nada lá dentro depois da invasão, além de móveis empoeirados e garrafas quebradas pelo chão de madeira (a decomposição da madeira faz com que cada passo causasse um barulho estridente). Apesar do estado deteriorado da casa, Rafael sabia que em um lugar ninguém havia tocado: a parede desenhada no escritório de sua mãe. Mas para entender isso é necessário voltar um pouquinho no tempo.

27 de Outubro de 2017

—RAFAEEEL!!! VOCÊ VAI LIMPAR ISSO, VIU?!

—Ihhh mãe, deixa minha arte... Seu escritório tá mais bonito agora.

Rafael havia desenhado um grande salgueiro desfolhado em uma das paredes brancas do escritório de Paula. Do caule saiam oito galhos assimétricos, cada um deles se ramificavam de forma aleatória, formando uma estrutura tão complexa que a cada vez que se olhava para ela, parecia estar um pouco diferente. Paula não gostava muito, distraia ela durante suas pesquisas, mas, ao ver que a pintura não sairia com sabão, acabou aceitando e incorporando-a à sua área de trabalho como uma lembrança do porquê trabalhava afinal.

25 de Dezembro de 2017

Paula chegava do trabalho correndo pelos cômodos da casa, Rafael achou suspeito.

—Feliz natal, mulher abençoada! — inferiu tentando chamar sua atenção.

—Venha cá, filho!

Estava apreensiva, procurando algo na gaveta.

—Oi oi oi.

—Preciso que me ajude a abrir um buraco nessa parede — disse apontando para o desenho.

—Ué, pensei que você gostasse dele...

—Só faz, depois eu explico.

Paula achou a furadeira que procurava, fez o formato do buraco que queria e Rafael abriu com uma marreta. A parede era oca por dentro, como um grande cofre. Ela disse:

—Filho, o que eu vou guardar aqui só eu e você podemos saber da existência. Se você precisar abrir, vai saber que precisa. Só preciso que você lembre disso.

Rafael concordava com a cabeça.

—Outra coisa, vou precisar que você refaça essa parte do desenho, pode ser? — Paula indagou.

—Hmm, Claro.

Então eles fecharam o buraco na parede com cimento, pintaram de branco para esconder o contraste e Rafael refez o que era o salgueiro original.

—Feliz natal, filho.

14 de Dezembro de 2026

O estrondo de Rafael quebrando a parede rebocada com um soco foi ouvido até mesmo por uma senhora que passava na rua passeando com seu cachorro, o qual se assustou e correu, quase derrubando a coitada. Ali estava a pasta que procurava, completamente turva de poeira, mas seu conteúdo estava intacto. Eram os tais códigos que Pedro falara, alguns claramente em morse, outros em um que Rafael desconhecia, mas a chance daquilo ser o necessário para derrubar a EXBA e o governo tirano de Tatu.

Estava saindo do quarto quando sentiu seu peito apertar. Ali tinha sido o ultimo lugar que Rafael havia visto sua mãe, antes de sair para a casa de Pedro. Pode-se ouvir uma inspiração profunda, bem como o derramar de algumas lágrimas pesadas de uma energia que flui como se Paula o abraçasse e o beijasse no rosto. Finalmente, aquele que derrotara o tigre de bengala mais beluíno do oriente teria um grande peso retirado de suas costas. Não sentia mais remorso algum.

—AHHH!

Enquanto descia as escadas, Rafael subitamente foi empurrado por um homem incógnito, cambaleando por mais de dez degraus. No chão tentando se recompor, o antagonista -que tinha uma pele tão pálida que tendia para o verde e olhos frios como os de um crocodilo- aproximou-se e começou a chutá-lo nas costas.

Rafael se concentrou, fechou os olhos e rapidamente se levantou, dando um gancho agressivo no queixo do algoz, que caiu para trás assustado. De repente, de dentro do terno ele puxa uma arma e aponta para Rafael, quase acertando um tiro na sua testa.

Sem ter outra opção, Rafael avança vorazmente em direção ao pistoleiro com o mesmo instinto de sobrevivência que o fez matar uma besta de 300 quilos, aplicando o Bèi Tí e arrancando seu braço de forma sanguinária (era a primeira vez que aplicara tal golpe fora de um boneco). Nos olhos de Rafael restavam apenas puro ódio e indignação.

—QUEM É VOCÊ?! — indagou. — Me dê um bom motivo para não te matar agora!

—Pode me matar! Se você não fizer isso, meu chefe fará de forma muito mais cruel.

—Veio roubar isto, não foi?! — apontava para a pasta caída no chão. — A EXBA te mandou aqui!

—Sou um dos soldados que Tatu criou para seu exército, me chamo Herbert, aliás. Mas não, não vim aqui a mando dele.

—A mando de quem então? Quem mataria por essa pasta além do único que a teme?

—Tentamos dar um fim a esse projeto, eu e um grupo de outros soldados. O Tatu quer nos usar como armas, nos maltrata e tortura quando convém, como cavalos de tração.

—Como que você sabe o que é um cavalo de tração?

—Não nasci ontem, tenho 97 anos. Nenhum de nós foi criado pela LCFT, apenas os corpos que habitamos.

—Não vou cair nesse seu papinho! A alguns segundos você quase me matou! E como sabia que minha mãe guardava os papéis aqui?

De repente, Herbert abre um sorriso no rosto.

—Paula é sua mãe?

—Desgraçado! Você não vai me manipular! Sei que os pais de Pedro te contaram tudo!

Rafael soca o buraco hemorrágico do cotoco recém criado de Herbert, que chora de dor.

—Nosso líder, Gulio Torrêncio, foi o primeiro soldado criado. Ele nos deu a ideia da revolução, disse que conheceu uma mulher na época da LCFT, uma mulher que tinha códigos para parar a produção de corpos da Máquina Mãe e então poder derrubar o Tatu de uma vez. Seu nome era Paula. Disse que tínhamos que matar e morrer por isso, quando te vi roubando os papéis, pensei que fosse um aliado do Tatu. Me perdoe.

Rafael resmunga alguns palavrões, então carrega Herbert no colo e digita uma mensagem para Julia:

{Rafael} Consegui! Como vai com a russa?

{Rafael} To com um cara no Hospital Clarencio Mascarenhas, aconteceu uma coisa bizarra.

14 de Dezembro de 2026, 9:47 AM

Julia estava impaciente.

—Meu deus, Pedro! Cadê essa Ursa Maior? Você marcou o horário certo? Rafael vai acabar e a gente vai tá aqui esperando...

—Ela vai aparecer, tenha calma, minha jovem — pediu Leia.

—Pra você é fácil né? Sentada nessa cadeira aí... — disse Tiago.

—Não acredito, man... — disse Pedro segurando o riso.

Não era muito pertinente zoar a cadeira de rodas que Leia estava submetida desde as complicações em sua cirurgia. Anos após o acidente, um infeliz colega de sua faculdade a derrubou no chão, sem saber que suas pernas eram atrofiadas, e terminou de estragá-las. O idiota não sofreu punição alguma, claro. Apenas indenizações financeiras que nunca trariam as pernas de Leia de volta.

Finalmente, quase uma hora depois do combinado, a representante da UrsaMajor em Salvador se aproximava, e para a infelicidade (ou não) de Pedro, se tratava de sua ex namorada, Olga Stalin.

—Oi, Peter... Vamos nos concentrar no que viemos fazer aqui, certo? — disse com um rosto rubicundo denunciador.

—Certo, Nossa proposta é a seguinte: Não dá pra deixar vocês escolherem o presidente, mas podemos dar os 975.029 bitcoins e fazer alianças comerciais no futuro!

—HE! — Olga afinou a voz.

—Como é que é? — assustou-se Julia.

—É "não" em russo... — desanimou-se Pedro.

Leia então perde a paciência:

—Olha aqui, minha filha! Vocês querem derrubar esse merda ou não querem? Ele vai acabar entrando em guerra com o Estado russo, sempre se pronunciou contra. Que tipo de protoKGB é essa?

Olga para um pouco para conversar com a direção da UrsaMajor e pedir um direcionamento.

—Temos que entrar em um consenso, a Rússia precisa de algum tipo de influência diplomática forte aqui — concluiu.

Inesperadamente, Tiago sugere:

—Deixamos vocês lançarem um candidato a presidência, se ele ganhar democraticamente, o cargo é de vocês.

Os outros três concordam com a cabeça, Olga aperta os olhos pensativa e volta a digitar para seus líderes. Alguns minutos de ansiedade depois, surge uma resposta.

—Vamos sair para almoçar, vocês me contam sobre o plano que têm para derrubar a EXBA, se me for convincente, trato feito! Aceitam?

—Almoçar às 10 da manhã??? — protestou Tiago, que rapidamente foi interrompido por Pedro e Julia.

—Aceitamos!

Foram ao Shopping Barra, quarta-feira de manhã, ele estaria vazio (com exceção dos expedicionários, claro. Esses estavam em todo lugar). Julia, Tiago e Leia pegaram um combo de sanduíches em um fast food, enquanto Pedro e Olga foram a um restaurante a quilo de comida orgânica. Pedro até tentou puxar assunto com a ex namorada na fila do caixa, mas rapidamente foi cortado por um olhar de navalha.

Depois de pegar o almoço, se reuniram em uma mesa bem separada das outras pessoas e clones que ali comiam. Julia, sempre buscando a liderança, começou a explicar:

—Bem, não é novidade pra ninguém que o Tatu vem fazendo todo esse exército de clones porque ele quer dar um golpe de estado e não pode contar com a ajuda das forças armadas oficiais pra isso. Acredito que se conseguirmos destruir o maquinário responsável por criar os expedicionários, damos um limite ao poderio do Tatu, poderio esse que ainda nem se equipara ao poderio bélico da Rússia. Seria um massacre total, o Tatu desistiria na hora e, sem ter que obedecê-lo, as tropas com certeza abandonariam também.

—Só uma perguntinha, linda: como exatamente vocês pretendem destruir esse maquinário?

Julia franziu a testa e espaçou a boca, como quem quer pensar exatamente no que dirá. Afortunadamente, antes que falasse algo, Leia se propôs a responder.

—Simples, ué. A mãe de nosso amigo era a pobretona daquela empresa e criou um código pra quebrar a máquina, nesse exato momento ele tá lá pegando esses códigos —sorriu.

Olga não parecia estar muito contente com a explicação.

—Explica isso direito, Pedro!

—Danosse! É exatamente que a menina falou, sua louca. A mãe de Rafael trabalhava na LCFT e foi ela que criou as únicas engrenagens e sequências de códigos capazes de sintetizar matéria orgânica em células humanas. Diferentemente de meus pais, ela não era imbecil e criou também um sistema de autodestruição que foi criptografado e escondido na própria casa. Agora ele tá lá procurando a parada, provavelmente já achou inclusive.

—Eu preciso ver esses códigos, a UrsaMajor não vai atuar se eu não tiver certeza que tudo isso que vocês falaram é, de fato, alguma coisa.

—Justo — constatou Tiago.

—Me deem uma resposta até hoje à noite ou o Brasil vai se afundar sozinho.

Disfarçadamente, Julia pega o celular no bolso e confere uma mensagem e, após respondê-la, anuncia:

—Gente, precisamos ir no Clarencio Mascarenhas agora. Você vem junto, Olga. Tem espaço no carro.

Olga reconhece a audácia, mas vistas as circunstâncias, aceita a proposta.

14 de dezembro de 2026, 03:20 PM

Deitado em um leito hospitalar, cercado por seis pessoas desconhecidas e várias perguntas difíceis. Assim acordara Herbert, após ter desmaiado nos braços de

Rafael a caminho do Clarencio Mascarenhas, e em suas mãos estaria o futuro da Aliança.

—Tá legal, eu quero saber de tudo. Tim Tim por Tim Tim — disse Olga, já ansiosa para voltar a Moscou e sair daquilo que definira à Ursa Major como "бесконечный ад", "inferno sem fim" em sua língua.

—Tudo do que? — Herbert indagou.

—Tudo sobre tudo, ora! Tudo sobre sua existência, como te fizeram, como funciona a máquina, por que você PERDEU UM BRAÇO, sangrou por quase UMA HORA e não morreu, tudo isso ai, pode ser?

Meio morgado, Herbert pensa um pouco em como organizar tudo e então começa:

—Bem, essa máquina da LCFT é chamada de Mater-Vitta, Paula, a mãe do bonito ali — disse apontando para Rafael, que da um sorriso envergonhado —, ela descobriu a existência de um novo tipo de célula bem específica, presentes no início das mitoses do zigoto e rapidamente diferenciadas e perdidas. Essas células passam por um certo estímulo químico dado pela máquina, alterando os genes e fazendo com que elas não percam sua capacidade e variabilidade reprodutiva.

—Explica direito ai, por obséquio — pediu Tiago.

Pedro analisou:

—É como a regeneração do Wolverine, tabaréu. Ele se cura rapidão.

—Tendi, pode continuar.

—Pera ai! — interviu Rafael. — E esse olho de réptil ai, é o que?

—Também nunca entendi, tem algumas coisas que são diferentes desse corpo e do meu antigo, consigo sentir...

—Epa! Ficou estranho de novo — afirmou Olga ansiosa. — Não entendi isso de corpo antigo.

—Isso vai ser difícil de explicar, vocês querem a forma fácil ou a difícil?

—Fácil! — gritou Tiago.

—Difícil... — disse Julia, fitando Tiago no olhar.

—Ok, vou contar a história de Gulio pra vocês, datada no final de 2017.

24 de Dezembro de 2017

O laboratório da LCFT estava vazio aquele dia, plena véspera de natal, apenas Paula, Leonardo e Margareth estavam lá, ajeitando algumas papeladas e batendo cabeça para entender o maior problema do projeto da Mater-Vitta: a LCFT poderia criar corpos humanos com vida, mas não conseguira criar consciências, pensamentos, indivíduos de verdade. Os corpos que criava tinham a mentalidade similar a de um peixe, agindo somente através de instintos e estímulos.

—Leo, vem cá ver isso aqui — disse Magareth.

Leonardo deu a volta na fábrica até achar sua esposa, ela e Paula estavam paradas encarando a lâmpada da sala de serviço, onde guardavam os materiais de limpeza. A lâmpada piscava incessantemente e em um ritmo específico e deveras irritante.

—Por que vocês tão encarando isso? Só desliga a máquina e pronto! — inferiu Leonardo.

—A máquina está desligada — informou Margareth.

Paula então concluiu:

—A lâmpada tá ligando por uma fonte de energia que não é nossa... A gente tá tentando ver se é algo em morse ou binário.

—E ai?

—Calma, falta pouco... Prontinho! E temos:

" .--. --- -. .... .- -- / .- / -... .- ... . / -.. . / .-. --- ... -.-. .- /
-... / .-.. .- -- .--. .- -.. .- / . -- / ..- -- / -- .. -.-. .-. --- ... -.-. --- .--.
.. --- / . .-.. . - .-. --- -. .. -.-. --- "

—Algum dos dois aí sabe Morse? — perguntou Paula.

—Eu aprendi na adolescência por falta do que fazer — disse Margareth, já se aproximando da folha onde Paula anotara os códigos. — Vejamos, "ponham a base de rosca da... lâmpada em um mi-croscópio? Microscópio eletrônico". Vamos! Tem um ali no laboratório embrionário.

Seguiram ao laboratório correndo, Leonardo um pouco atrás por não estar tão animado quanto as outras duas, e até um pouco desconfiado de terem hackeado o sistema da LCFT (por precaução, desligou a Mater-Vitta).

Após alguns ajustes no microscópio, o que viram
mudaria para sempre o rumo da empresa: Uma partícula incandescente com vida própria, que se movia indiscriminadamente e com uma fonte inesgotável de
energia.

Daquele dia em diante, Paula e Margareth reservavam ao menos três horas por dia para "conversar"
com a partícula através de código Morse. Ao virar do
ano dentro da LCFT, descobriram que a tal partícula se
chamava Gulio Torrêncio, tinha 56 anos de idade e que
seu corpo havia morrido em um acidente enquanto pilotava um caça (Gulio era militar). E quando falo "seu
corpo", não é a toa. A verdade é que Gulio, eu e todos
os outros soldados não fomos criados pela Mater-Vitta,
apenas fomos localizados em nossos caixões, extraídos
e inseridos em um dos corpos aprimorados que a máquina criava, tendo como dívida com a LCFT um serviço militar vitalício.

Paula foi contra, claro. Viu que tornaram Gulio escravo quando o corpo dele ainda era criança, faziam
experimentos desumanos com a desculpa de que, se
não fosse por eles, Gulio nem estaria ali. Pouco tempo
após a morte dela, a LCFT era comprada pela Reptilla
e a produção de soldados se tornava industrial.

14 de Dezembro de 2026, 03:40PM

Depois de ouvir toda história, Olga e toda UrsaMajor ficaram convencidas de que o plano agora tinha tudo para dar certo, com o apoio das tropas expedicionárias, Tatu ficaria mais encurralado do que nunca, como um rato em um labirinto de ratoeiras.

Olga, Pedro, Tiago, Leia e Julia saíram e foram para suas respectivas casas dormir. Rafael ficou e conversou um pouco mais com Herbert sobre sua mãe, mostrou a ampulheta que ela dera, contou sobre sua jornada no Kailash e se desculpou pelo braço. Então, Rafael dormiu no sofá do leito. Até porque aonde mais ele iria?

Capítulo XI: Infiltrações

(2026)

15 de Dezembro de 2026, 01:03PM

Rafael entrou no carro de Pedro calmo e solene, apesar de que o resto de seus companheiros estavam deveras ansiosos e receosos.

—Destino? — perguntou.

—Um lugar seguro onde possamos sentar e traduzir os códigos, sua casa antiga — respondeu Pedro, que dirigia de maneira negligente.

—Por que não a sede da Aliança?!

—Responde, Leia.

—Foi descoberta pela EXBA enquanto negociávamos com a Olga ontem, quando cheguei lá a guerrilha já tava rolando, só pude salvar o máximo de pessoas possível pelo túnel do porão, mas o prédio não e...

Julia levantou a mão pedindo a fala como se estivesse em uma sala de aula.

—Pode falar, querida.

—Me precipitei lá em casa porque tava ansiosa, antes de dormir eu já traduzi as partes em morse. Forma um link, vamos precisar acessar a deep web de novo — disse Julia olhando para trás.

—Tem um computador na mala? — indagou Rafael.

—Um computador não, O COMPUTADOR, meu amigo!
—Pedro animou-se olhando para o amigo, mas rapidamente sendo corrigido por Leia com um grito: "dirige!". — Compramos ontem no cartão de Leonardo caso precisássemos, pra ser sincero, tava torcendo por isso.

—E quem é você? — Rafael estendeu a mão para o rapaz na cadeira da frente, um homem baixinho com um mullet antiquado dos anos 80 e um óculos fundo de garrafa.

—Danilo, prazer — apertou sua mão com força, Rafael revidou a força e Danilo segurou um gritinho de dor. — Sou da informática, vou ajudar com os códigos.

—Danilo é o mestre da computação! — disse Tiago batendo em suas costas. — Hackeou até a NASA!

—De novo isso, Tiago... — replicou rindo.

Tiago complementou:

—A NASA tava sem o que fazer e criou um concurso de Astronomia, ai o danado aqui se cadastrou como "Tomás Turbano" e hackeou o concurso pra ficar em primeiro. Imagina aqueles exibidos lendo isso em rede internacional! Haa foi bom demais!

—Cresce, Tiago — disse Julia. — O trabalho do Danilo é espetacular, Rafael. Vai ser muito mais fácil com ele.

Rafael havia deixado a porta da casa destrancada quando saiu no dia anterior, assim, puderam entrar nela facilmente. Depois de instalar o maquinário, Danilo rapidamente entrou na Tor e iniciou:

—Julia, me dá o link que você traduziu, por favor.

Julia entregou um papelzinho escrito "https://www.facebook.com/photo.php?fbid=1550499441665135&set=pob.100004154376088&type=3&theater"

—Uma foto no facebook? É sério? Não precisava da Deep Web pra isso, né?!

—E eu ia lá saber, nem sei o que é Facebook.

O link levava para uma foto de Paula e Rafael na aula de escalada, aumentando o brilho, Danilo achou por toda a imagem códigos na Cifra de D'Agapeyeff. A partir daí, o resto do grupo se desconectou do processo, não entendiam mais nada.

Algumas horas depois, Danilo grita exausto:

—Terminei essa merda!

Rafael, que dormia encostado na parede, acordou e se aproximou para ver o resultado. Dizia:

"Instalei dez quilos de explosivos C4 no núcleo da máquina, disse a Leonardo e Margareth que eram baterias em caso de queda total de energia. Para acionar os explosivos, basta abrir uma chapa metálica na parte de baixo do painel de controle e digitar '0966621', a partir daí, você vai ter uma hora para fugir dali e tirar o máximo de pessoas possível. Uma vez acionado, não dá para cancelar a explosão, ela vai causar um processo em cadeia que provavelmente vai destruir todo o laboratório. Te amo filho, boa sorte."

—Okay, vamos montar o plano então — Rafael sugeriu enquanto se espreguiçava.

—Não me parece muito difícil não, Raff, a gente entra lá, aciona a bomba e vaza.

—É mais complicado que isso, Tiago — Julia inferiu. — A EXBA tem milhares de expedicionários, quantos você acha que protegem o coração deles? Pedro, fala tudo que cê sabe sobre lá, vai. Somos todos ouvidos.

—O chefe de segurança do laboratório é o tal do Guilio, botaram ele porque ele é ex coronel do exército e é quem mais conhece a estrutura. Lá é todo fechado no concreto, só tem duas saídas de ar que também são vigiadas então a gente vai ter que entrar pela porta mesmo.

—Pela porta? Cê tá doido? — Leia passava a mão no cabelo.

—Isso, mas relaxa que eu tenho uma ideia: vocês vão me usar de Cavalo de Troia!

—Como é que é, seu maluco? — Julia perguntou sem saber se ria ou chorava pela loucura do amigo.

Danilo, que estava sentado se distraindo com algum joguinho de Adobe Flashplayer, de repente se levanta e pergunta:

—Gente, eu ainda preciso ficar aqui?

Rafael responde:

—Não, Danilo. Muito obrigado pelo seu trabalho, pode ir.

—Boa sorte, vou me juntar com o resto da Aliança e aguardar os senhores darem ordem de ataque.

Danilo foi embora e Pedro continuou a explicação.

—Meus pais tão doidinhos pra conversar comigo e me punir pelas merdas que eu to fazendo com o dinheiro deles. Assim que eu chegar lá os guardas vão pedir encarecidamente que eu entre... Quando estiverem distraídos correndo atrás de mim ou me espancando, Boom! vocês entram na surdina.

—E a gente vai deixar você ser espancado assim, Pedro? — perguntou Leia preocupada.

—E que outra opção temos? — retrucou. — Aquilo é uma fortaleza e nós não somos da CIA.

—Eu gostei a ideia — inferiu Julia. — Mas a gente precisa de uma forma de se defender lá dentro caso a parada aperte, uma arma, algo assim.

—Eu tenho uma pistola no carro que roubei da EXBA uma vez, mas ela só tem 10 tiros e eu vou manter comigo. Não se preocupem que se eu perceber que vocês tão em apuros eu vou ajudar vocês. Nem que precise machucar meus pais pra isso.

—Por mim tudo certo, só acho que Leia não deveria ir com a gente. Ela é cadeirante, chamaria muita atenção — falou Tiago.

Julia já se preparava para defender a amiga, mas foi interrompida por ela que já disse:

—Não, Julia. Ele tá certo, fiz minha parte até aqui, me deixem onde a Aliança tá reunida e eu ajudo a liderar eles pro palácio derrubar o Tatu quando vocês explodirem as máquinas.

Após a guerrilha e a morte de alguns companheiros, muitos desistiram do movimento e saíram da Aliança. Assim, o numero total de revoltosos de Salvador, diminuíra bastante, sobrando uns 5762 para o ataque final. A nova sede era em uma reserva florestal próxima ao palácio central, onde Tatu tinha residência fixa e estaria aquela semana, era o lugar perfeito.

16 de Dezembro de 2026, 12:01AM

Tudo já estava pronto para a cartada final da Aliança. Rafael, Pedro, Julia e Tiago estavam no carro na frente dos laboratórios EXBA, esperando Leonardo e Margareth chegarem. Leia, juntamente com outros líderes, distribuia uma janta para seu exército, que logo entraria no palácio central e renderia o aspirante a ditador, Tatu. Finalmente, Olga e toda a agência da UrsaMajor aguardavam tudo isso acontecer para invadir Brasília e decretar o fim daquele caos.

—Alí! É o carro deles entrando na garagem! — avistou Pedro.

—Então é isso, né? — Tiago expirou profundamente se preparando para o que viria. — Boa sorte, amigos.

Pedro pegou sua pistola, uma Jericho 431 do exército brasileiro. Por mais que não admitisse, nunca havia atirado com ela antes, e só de pensar em usá-la essa madrugada deixou-o com calafrios. Guardou-os pra si, algumas coisas nunca mudam.

A porta principal tinha apenas dois guardas e ao redor do laboratório mais uns 10, eles revezavam a área de vigia a cada hora, então só precisariam se preocupar com esses dois. Como combinado, Pedro foi na frente chamar atenção dos guardas e os outros três ficaram de tocaia. Um dos expedicionários o avistou e parecia que tinha encontrado um pote de ouro, arregalou os olhos, tocou em seu colega para que visse e gritou:

—EI, GAROTO!

Pedro se fingiu de desentendido e começou a correr para longe, obviamente eles foram atrás e alcançaram ele em segundos, mas foi tempo suficiente para que Julia, Tiago Rafael entrassem.

A estrutura interna do laboratório, por incrível que pareça, não tinha mudado muito desde a última visita de Rafael na páscoa de 2017. A entrada era um corredor com duas portas, a da esquerda levaria para o salão da Mater-Vitta, estoque embrionário e a central de controle, ja a porta da direita levava para... bem, Rafael nunca havia entrado na porta da direita.

Disse para Tiago e Julia que teriam que seguir pela esquerda, mas os três tiveram que rapidamente mudar de rumo quando um biomédico saía de seu expediente pela porta da frente. Correram para aporta da direita sem pensar duas vezes, o que tinha lá dentro era muito maior do que Rafael poderia imaginar, escapando apenas um "eita" de sua boca. Uma estrutura gigante e pitoresca, a parede era lotada de frascos com partículas luminescentes e uma fila de corpos em que estavam sendo inseridas as consciências. Era basicamente uma esteira de montagem no estilo mais Fordista possível.

Rafael olor para os amigos e sussurrou:

—Temos que destruir isso aqui também!

—Mas são pessoas nesses frascos! — Julia salientou. — Pessoas até então inocentes.

—E vamos deixar o Tatu matar o planeta inteiro por causa dessas pessoas que já estavam mortas de qualquer jeito? — disse Tiago. — Quando explodirmos a Mater-Vitta, sua mãe disse que ia explodir o laboratório todo também, isso aqui deve ir junto.

—Tiago tá certo, Julia, não podemos perder tudo agora, mas podemos tentar pegar o máximo de frascos e botar na minha mochila depois de acionar a bomba. Vamos logo.

Julia entreabriu a porta para ver se ainda tinha alguém lá. Os seguranças haviam voltado para a porta.

—Lascou... os seguranças voltaram, Pedro já deve ta lá dentro sendo merendado pelos pais.

—Me deixem passar — pediu Rafael. — Eu derrubo eles.

—Ui kong fu panda — Murmurou Tiago.

Rafael se aproxima lentamente de um dos porteiros quando o outro vê e o golpeia na perna.

—Desgraçado! Como você entrou?

Rafael ria enquanto eles o imobilizavam no chão.

—Pela porta da frente, ué — Respondeu de maneira provocativa.

Vorazmente Rafael se soltados guardas em uma explosão muscular e golpeia a traqueia de um com um golpe do fukotá, deixando-o sem ar. O outro puxou uma glock da cintura e mirou nas costas de Rafael, puxando o gatilho.

Quando a bala atravessou seu abdômen Rafael instintivamente avançou no rapaz, derrubando-o no chão e espancando-o ali. Pôde ouvir novamente o rugido do tigre do Buka Daban Feng ecoando em seus ouvidos e uma imagem do boneco Francisco sorrindo e segurando uma placa escrito "MATE OU MORRA". De repente, uma voz transpassa o rugido e Rafael desperta:

—Rafael! Ele já tá caído! Vamos logo!

Ao ouvir Julia, Rafael percebeu o que fazia. Murmurou um "desculpa" para o expedicionário inabilitado no chão, pegou sua arma e correu com os outros dois em direção à sala de controle.

Desacordados.Não tiveram tempo para digitar os códigos, alguém golpeou suas cabeças com tanta força
que quase têm traumatismos cranianos.

Capítulo XII: A Primeira Tempestade (2013)?

16 de Dezembro de 2026, 01:10AM

Rafael acordou amarrado em uma cadeira ao lado de seus dois amigos na sala de controle com uma imensa sensação de dejavu. Apertando os olhos, pôde ver uma mulher enjaulada e sem nenhuma das pernas deitada no chão, com o cabelo cobrindo seu rosto. Olhou para sua barriga, estava enfaixada e ele não sentia dor alguma, como se quem o prendeu ali se importasse com que continuasse vivo. Também podia sentir a arma que roubara em sua cintura, aparentemente o expedicionário que o capturou foi tão burro que esqueceu de confiscá-la. Pensou que seria a chance que teriam de sair vivos de lá e completar o plano.

—Que merda... — suspirou Tiago.

—Gente, eu acho que ali no canto é a Leia. — Ao falar isso, Julia percebe a situação em que estão e começa a chorar desesperadamente.

Rafael quase choro ao ver o estado emocional de sua amiga, mas então se concentra e grita:

—Julia! Para de chorar que isso não vai adiantar de nada — suspira. — Relaxe que meu tenho um plano, só precisamos descobrir o que fizeram com o Pedro.

Julia seca as lagrimas.

—Desculpa, é que eu to com tanto medo gente...

—Você não era a sra. confiança? A líder destemida do movimento? — indagou Tiago.

—Vai a merda Tiago, suas piadas não tem graça e não vão tirar a gente daqui.

Rafael não tirava os olhos de sua amiga enjaulada, parecia que alguém tinha tirado sua alma, sua pele estava pálida e fria como a de um cadáver, as sabia que estava viva, pois ela respirava.

—Por que a Leia tá numa jaula e não aqui com a gente?

—Ela foi a primeira cobaia e... não parece ter dado certo. Ela tava se contorcendo de dor, isso foi antes de você chegar, acho que tavam fazendo seu curativo.

—Cobaia do que?

—Uns caras estranhos vieram aqui e aplicaram uma injeção da grossura do meu braço na coluna dela. Falaram que, se funcionasse, não iriam mais precisar da Mater-Vitta.

Rafael pensa um pouco e diz:

—É... Agora entendi porque o Pedro não tá aqui, eles não usariam o próprio filho num experimento.

Rafael começa a tentar se soltar da mesma forma que fez quando foi sequestrado pelo Raytatsu, porém percebeu que dessa vez não estava amarrado por fitas, mas por correntes. Não tinha escapatória fácil, pensou então em esperar virem dar a injeção nele e sacar a arma quando o soltassem.

Alguns minutos agonizantes naquela sala já eram suficientes para enlouquecer. A espera de alguém chegar para te pegar como um hamster e injetar algo em você que te deixaria igual a sua amiga que você é obrigado a encarar, de bruços e grunhindo palavras inaudíveis. De repente, um homem entra na sala, cantarolando alguma música brega e com uma arma na mão. Era Pedro Lewis Martins.

—Finalmente aqui, desculpa o atraso galera, meu motorista ficou preso no transito.

Rafael deu um sorriso genuíno e falou rindo:

—Idiota...Você conseguiu, parabéns. Tira a gente daqui e vamos acabar logo com isso.

—É claro que tiro mano, vem cá.

Pedro pega um conjuntos de chaves e liberta Rafael, que levanta, se espreguiça e diz:

—Vou procurar logo a chapa que a gente vai ter que abrir.

Diferentemente do que Rafael achava, Pedro não desamarrou Tiago e Julia, mas, assim que ele virou de costas, socou seu abdômen, derrubando-o no chão e acertando-lhe diversos chutes. Sem forças e com sua ferida reaberta, Rafael não consegue fazer nada.

—Que merda é essa, Pedro?! — perguntou Julia desesperada.

Pedro ri descontroladamente.

—Vocês são idiotas mesmo, né? Toda aquela história do Herbert, meu plano mirabolante e ridículo, a minha ex namorada sendo a líder de uma agência russa chamada URSAMAJOR! Ai ai...

—Você é um monstro do caralho! Olha o que você fez com a Leia!

Pedro para de chutar Rafael e se abaixa próximo de Thiago.

—Não, Thiago... monstro é o que se escondia debaixo da minha cama quando meus pais viajavam a negócios, quando Rafael chegou no colégio e roubou tudo que eu tinha, quando eu era humilhado por professores por ser filho dos donos da MALÍGNA LCFT! Eu? Eu sou aquele que vai salvar esse mundo de todas as guerras.

Enquanto Pedro falava, Rafael encostou no canto da sala e apertava as ataduras contra seus ferimentos.

—Você enlouqueceu mesmo, né?! — gritou para que Pedro ouvisse.

Pedro se levantou e virou para ele.

—Você acha que o Tatu é quem manda no país né? Que ele é quem comprou a LCFT e criou a EXBA. Desculpe te informar, amigão, mas ele é só um fantoche meu e de meus pais, que de presente de aniversário me deram a função de acabar com sua vida e os planos de sua mamãe.

Rafael puxa a arma em sua cintura e aponta para a cara de Pedro.

—OLHA AQUI SEU VERME!

—Uiuiui... — Pedro franze a testa em tom debochado. — Deixa eu te dar motivo primeiro, que tal? Sabe o Raytatsu? Foi ideia minha o incêndio lá do Tibete, foi a forma que encontrei de te trazer pra cá. Sabe por que a Leia tá sem perna? Eu mesmo arranquei e terminei o trabalho de quando bati aquele carro. Aliás, eu bati porque tava bêbado, tentava te impressionar, Julia? Oh como eu era tolo! Sem contar meus pais que mataram aquela idiota da sua mãe pra ela não acabar com o nosso poder.

Julia não conseguia mais falar uma palavra, apenas soluçava e fazia negação com a cabeça. Rafael segura a raiva de puxar o gatilho e continua:

—Por que você me odeia, cara?!

—Ora, meus pais me deram a função de pegar e queimar os códigos de autodestruição que sua mãe criou, pra fazer isso precisava de você aqui. Depois fui só me divertindo. Você me tirou tudo, Rafael! Me tirou Julia, me tirou meus pais que passaram a trabalhar mais graças as descobertas de Paula, me tirou a liderança do meu grupo... Eu só queria te ajudar!

Pedro aponta sua arma para Julia.

—Agora volta pra cadeira antes que eu mate seu amorzinho nhoo — diz em tom de deboche e desprezo.

—Vá à merda! Eu atiro primeiro!

—Mata ele, Rafael! — gritou Julia. — Acaba com esse merda!

Pedro dá uma risadinha, abaixa a arma e se aproxima de Rafael, que se mantém imóvel.

—Senta na cadeira agora que quem vai te amarrar sou eu!-ordenou Rafael, mas Pedro continuou se aproximando calado.

Pedro pega a arma de Rafael e encosta em sua cabeça, e subitamente começa a gritar:

—ANDA! ATIRA! ACABA COM O DESGRAÇADO QUE MATOU SUA MÃE, SEU SENSEI, TORTUROU SUA AMIGA E TE ENGANOU.

—Eu não... eu não consigo.

Pedro aponta novamente a arma para Julia.

—ME MATA AGORA OU JULIA MORRE.

Rafael fecha os olhos e aperta o gatilho, caindo uma lágrima de seus olhos. Pedro começa a gargalhar de maneira pertubadora, mas quando deixou sua arma cair no chão se controlou e pegou-a rapidamente.

—Você acreditou de verdade que eu não vi isso ai? Primeira coisa que eu fiz foi tirar a munição!

—An? Qual o seu problema? O que você quer provar?

—Eu quero provar que você não é mocinho, quase matou o segurança lá da porta no soco e ia me matar agora também. Se ajoelha ai. -disse voltando. Apontar a arma em sua cabeça.

Julia pensa que talvez Pedro se afete com suas palavras e tenta:

—O que você tá fazendo, Pedro?! Você não é um assassino!

—Eu não sou a mesma pessoa da época do colégio, Julia. Vou matar ele e depois usar vocês pra testar o soro de aprimoramento de novo.

Pedro coloca o dedo no gatilho, Julia e Tiago gritam para ele parar, mas não adianta de nada.

—Tanto tempo na montanha aprendendo a dar soco pra chegar agora e morrer pra uma arma de fogo, irônico, não? Vou contar até dez e deixar você pensar no quanto fracassou e perdeu pra mim.

Enquanto Pedro conta, Rafael olha para o lado e vê a jaula de Leia quebrada e ela se arrastando da direção de Julia.

—Vai a merda você e toda essa prepotência.-diz Rafael em tom de surpresa- você e seus pais pensam que com minha morte vocês ganharam o mundo, mas tem muita gente lá fora ainda que quer sua cabeça!

—Vão morrer todos!Você era o último link que poderia destruir a Mater-Vitta, e a cartinha de sua mãe eu já taquei fogo, já matamos Danilo. Está tudo acabado, meu jovem.

—NÃO FAZ ISSO PEDRO! — grita Tiago para chamar a atenção do antagonista.

—Cala a boca, cacete! — Pedro atira na direção de Tiago e o tiro quase queima sua pele. — É isso... adiós amigo.

Pedro olha para cima, suspira e começa a apertar o gatilho, quando é golpeado na mão por Tiago e deixa a arma cair no chão. Julia se aproxima e os dois começam a bater nele no chão. Rafael se levanta e vi até Leia, ela estava irreconhecível, seu rosto e braços estavam inchados e suas mãos ensanguentadas. Ela havia quebrado sua gaiola e as correntes farpadas que envolviam Tiago e Julia.

—Vai acionar as bombas, Rafael — disse com uma voz trêmula.

Rafael mancou até o painel de controle e começou a socar as chapas metálicas até achar a que era oca, quebrando-a com um soco e digitando o código 0966621, quase errando pois seu braço tremia.

Uma sirene estrondosa começou a ecoar por todo complexo, balançando a sua estrutura. Rafael jogou sua mochila para Tiago, girou a ampulheta de sua mãe que carregava no peito e gritou:

—Vá pegar o máximo de cápsulas que conseguir! Julia, pegue Leia e vão avisar à aliança pra iniciar o ataque!

—E você? — perguntou Julia.

—Vou cuidar do Pedro, vão!

Julia correu na direção de Rafael e deu um abraço apertado, ambos choraram e ela disse: "Obrigada por não desistir de mim". Julia botou Leia nas costas e saiu correndo com Tiago. Pedro estava deitado no chão de bruços. Rafael se aproxima e ele se abre, mostrando a arma que estava escondendo e atirando, porém acertando no teto do laboratório. Rafael chutou seu braço e pegou a arma.

—Seu miserável! Você e seus pais destruiram toda e qualquer vida que eu tinha!

—E por que você não me mata logo?

—Não sou o monstro que você é e pensa que eu sou, sou um sobrevivente. E Oriodrec me ensinou que eu não devo matar nem uma borboleta, não fui eu quem deu sua vida nem serei eu que vou tirá-la. Você e a sua corja não merecem nada além do pó de onde vieram.

Rafael saiu andando da sala e cruzou todo o laboratório da EXBA calmamente em meio a expedicionários e biomédicos desesperados correndo. Quando a areia da ampulheta terminou de cair, houve uma explosão capaz de ser vista por satélites, não sobrara nada daquele lugar.

Talvez você se pergunte, "e Pedro?". Pedro ficou lá. Deitado. Sem nada para fazer além de sentir sua pele em combustão. Obrigado a reconhecer que se deixou levar pela primeira tempestade.

"Se você passa muito tempo olhando para o abismo, o abismo olha de volta para você"

Friedrich Nietzsch

Considerações finais do autor:

O plot desse livro foi baseado em um filme adolescente nem um pouco pretensioso que escrevi com meu amigo em 2018. Na ideia original, Rafael (que seria interpretado por Felipe) mataria Pedro (interpretado por mim) após enlouquecer com as provocações na última cena, de uma forma bem brutal. Resolvi mudar isso por não achar mais que seria um destino justo, queria adicionar um contraste e uma esperança a partir da imagem das duas personagens.

Pedro representa uma queda até a insanidade e a psicose. Ele deposita todas suas frustrações na persona de Rafael, seu amor por Julia, sua popularidade e sua relação com os pais, quando na verdade nada disso é culpa dele ou de ninguém. Ele persiste nessas distorções da realidade e se perde de si mesmo, não consegue curar suas feridas porque está sempre reabrindo elas. Assim, o ódio que ele tem por Rafael nunca se esvai e apenas cresce, tornando Pedro um escravo de sua própria mente. Um louco.

Por outro lado, Rafael passa por vários traumas também, mas sua forma de lidar com seus problemas é bem diferente. Rafael se culpa sempre em vez de culpar os outros, isso faz ele se responsabilizar até mesmo pela morte de sua mãe e tentar o suicídio no primeiro interlúdio. No entanto, depois do seu treinamento com Oriodrec (anagrama de cordeiro), Rafael aprende uma coisa que todos deveríamos saber: ninguém tem controle de tudo que acontece na própria vida, apenas o controle do que fazer em relação a isso. Essa evolução que Rafael teve que passar foi o motivo dele ter poupado a vida de Pedro. No fundo, ele sabia que deixá-lo vivo já seria punição suficiente.